KB272984

어쩌다 혼자

어쩌다 혼자

레인보우 글/그림

레드박스

지금 이 순간, 혼자인 그대들에게

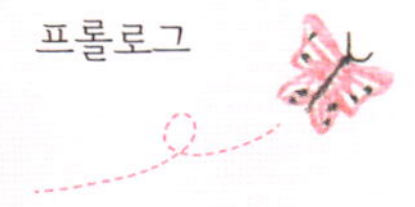

'천연기념물'이라는 별명을 얻은 적이 있다. 초등학생도 한다는 미팅이나 연애 한 번 안 한다고(못 한다고?) 붙여진 별명이다. 평생 독신으로 살겠다고 다짐한 것도 아닌데 나는 여전히 싱글이다.

나는 처음 동화책에 그림을 그리고 옹알이하듯 글을 적어 넣던 순간, 내 손의 움직임을 따라 미끄러지듯 춤추는 연필의 감촉, 종이에 사각사각 그어지는 소리에 사로잡혔다. 어쩌면 그 소리의 매력을 스스로 발견하게 되었을 때부터 오랜 시간 싱글로 살아갈 운명이 주어졌던 건 아닐까 하는 생각마저 든다.

'싱글' 하면 여러 가지 단어가 떠오른다. 독립, 자유, 화려함…… 동시에 외로움, 불안감, 궁상맞음, 노처녀 히스테리…… 동전의 양면 같은 이 단어들은 언뜻 공존할 수 없는 듯 보여도 혼자인 모두에게 그림자처럼 따라붙는다.

싱글은 누구의 눈치도 보지 않고 자기가 좋아하는 것으로 삶을 가득 채울 수 있다. 퇴근 후에는 혼자서 책을 읽으며 사색을 하고 때로는 영화나 여행을 즐긴다. 이따금씩 새로운 향수나 디저트를 시도하며 기분을 전환하기도 한다. 좀 더 주어진 자유 시간을 활용하기 위해 그림을 그리거나 연주를 하면서 창의적인 활동에 몰두하기도 한다.

하지만 아무도 없는 불 꺼진 집에 들어가면 적막감에 몸서리치거나 독거 노인처럼 혼자 쓸쓸히 죽어 버릴지도 모른다는 두려움이 엄습해 문득문득 결혼을 생각하기도 한다. 마음도 몸도 지쳐 누군가에게 기대고 싶을 때, 커플들의 사랑스러운 모습이 눈에 들어올 때 사뭇 다른 세상에 사는 그들이 부럽기도 하다. 그런 허전함을 혼자 먹방을 보면서 과식으로 채우고 다시 다이어트에 돌입하는 무한 반복의 길을 걷지만 요요 현상에 통분하고, 건강까지 바치게 된다.

그렇게 때로는 혼자이고 싶다가도 혼자가 되기 싫은 마음이 널뛰기를 하듯 왔다 갔다 하는 게 싱글의 삶이다.

이 책에는 혼자여서 외로울 때, 그래도 혼자가 좋을 때를 비롯해 에두아르 마네의 말처럼 나만의 색깔을 신선하게 유지하고 싶은 순간들의 이야기가 담겨 있다.

이 책은 어쩌다 지금 이 순간까지 싱글인 나와, 그대와, 우리의 이야기다.

2016년 12월

레인보우

CONTENTS 

#5 혼자 살다 보면

#6 토닥토닥

#7 사랑보다 깊은 유혹

#8 그래도 지금은 싱글

#1

어쩌다
솔로 생활

그럭저럭
싱글 라이프

결혼해야 하니까 했지만 뭐가 좋은지 잘 모르겠고
차라리 엄마와 함께 살 때가 훨씬 좋았다는 친구.
살아 본 사람만이 할 수 있는 후회.

또 다른 기혼 친구의 애정(?) 어린 조언.
소소한 취미 생활, 자유, 직장이 아무러면
든든한 남편, 토끼 같은 아이에 비할까라는 의미심장한 발언.

'남편은 치약을 되는 대로 아무렇게나 짜서 썼지만
아내는 맨 밑에서부터 꼭꼭 짜서 써야만 하는 타입이었다.'
어느 부부의 충격적인 이혼 사유.

어쩌면 그런 거다, 결혼은.
사소한 습관 하나 때문에 원수가 될 수도 있는 그런 세계.

어쩌다 혼자

세상은 말한다.
누군가를 만나 연애하고 결혼하고
아이를 낳고 살아야 한다고.

아무리 주변의 시선이 신경 쓰여도
충동적으로, 의무적으로 '남들 다 하니까' 하지는 말자.

아직은 이렇게 호젓이, 그럭저럭 살아 보자.
우리에겐 혼자 밥을 먹을 용기가 충분히 있으니.
거기다 소개팅을 거부할 자신감도 아직까진 남아 있으니.

Q&A

명절 때마다 통과해야 하는 필수 질문
올해도 피해 갈 수 없는 질문
매년 반복되는 지긋지긋한 질문
하지만 대답은 대충 정해져 있는 질문.

"왜 아직도 결혼 안 해?"

의례적인 대답은 "어쩌다 보니……."
조금 먼 친척이 물을 때는 "이제 곧 해야죠?"
귀찮을 땐 아예 "저 사귀는 사람 있어요."
"결혼할 남자는 있니?"부터 시작되는 부모님 잔소리에는
일말의 희망마저 싹둑 잘라
"그냥 혼자 살래요."
…….

남들 다 하니까,
나이가 됐으니까,
'사람이라면' 당연히 해야 하는 거니까,
말하자면 통과의례니까…….

그래도, 결혼을 감행할 수는 없다.
결혼은 만능열쇠가 아니다.
가는 세월에, 남의 시선에 많이도 무뎌졌다.
결국 누구나 자신만의 '속도'가 있다.
오포, 칠포 세대에 결혼은 '지금'이 아니어도 되는
그런 것 중의 하나가 되어 버렸으니.

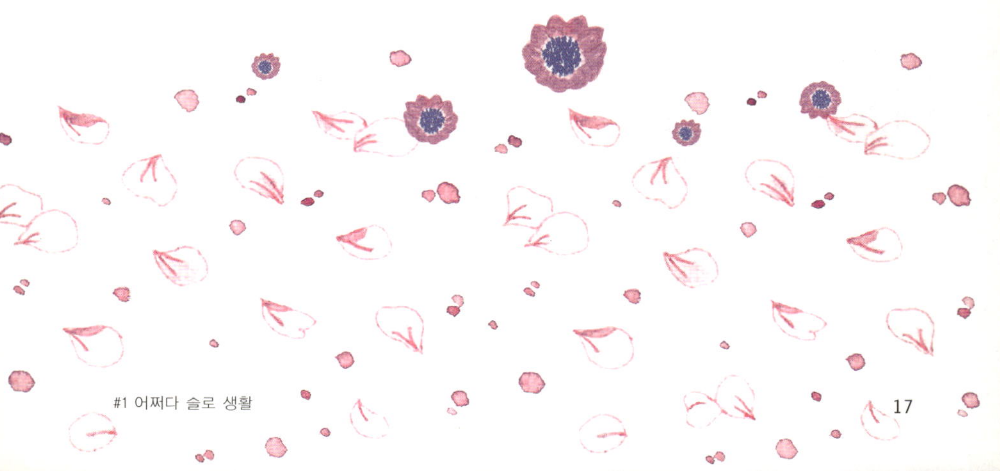

혼자만의
시간

치열한 하루의 끝자락
하이힐을 벗고 화장을 지우는 시간,
맨 얼굴의 우리 자신을 만나는 시간.

라벤더 향초를 켜고 상큼한 레몬차를 마시며
추억의 책을 다시 꺼내 본다.
다시 읽고 싶은 단어, 다시 읽고 싶은 문장,
다시 읽고 싶은 여백을 찾아 읽는다.

천. 천. 히.

혼자만의 아늑한 시간은 밀도 높은 시간,
나의, 나에 의한, 나를 위한 시간,
스스로를 엮어 나가는 시간,
지금이 하루의 클라이맥스.

오늘 하루도 눈물겹도록 최선을 다한 우리.
하루의 끝에서 혼자만의 카타르시스를 맛본다.

여자는 언제나
파리를 꿈꾼다

파리, 그 이름만으로 가슴 뜨거워지는 도시.

여자를 꿈꾸게 하는 마법 같은 도시.

와인을 마시지 않아도 취할 것만 같은 도시.

르누아르의 그림에서, 에디트 피아프의 샹송에서 만난 낭만의 도시.

마음은 이미 수십 차례 다녀온 것이나 다름없는 도시.

파리 하면 마치 지나간 사랑을 추억하듯

여자의 마음은 아련해진다.

오르세 미술관

발자크, 보들레르, 프루스트, 르누아르,
헤밍웨이, 카뮈, 로시니,
쇼팽, 고흐, 피카소, 모딜리아니,
샤갈……
누군가에겐 조국,
누군가에겐 제2의 고향.
별것 아닌 듯한 일상의 즐거움을
매일 그렇게 음미할 수 있는 곳.
여자의 눈에 비친 것이
순간마다 새로운 곳.

그래서 여자는 파리를 품고 산다.
그리고 다시, 파리의 여행자가 된다.

혼자 비빔밥

나무에는 상처가 있다고 한다.
'옹이'라고 부르는 그것은 나무의 몸속에 박혀 수십, 수백 년을 간다.
나무는 혼자 그 상처를 안고 버텨 낸다.
우리 마음에도 옹이가 생긴다.
누군가로 인해 받은 상처들,
그 상처들을 안고 견뎌 낸다.
나무처럼 담담하게 숨죽이며.

마음의 상처에도 연고가 있다면 얼마나 좋을까.
그럴 때는 비빔밥을 비벼 먹어 보자.

싱싱한 양상추, 아삭아삭 콩나물,
파릇파릇 시금치, 나긋나긋 고사리,
따끈따끈 흰쌀밥, 매콤칼칼 고추장,
동그랗고 노란 계란.

뽀드득 윤기 나는 양푼에 담아 씩씩하게 비빈다.
마음속 크고 작은 상처들과 함께
서걱서걱 비벼 가며 입안 가득 넣고 씹어 준다.
그러면 신기하게도 다시 하루를 감사하게 된다.
생을 긍정하게 된다. 삶이 깊어진다.

하이힐

오늘은 우리의 자존심만큼이나
굽 높은 하이힐을 신고 길을 나선다.

멋진 신발은 우리를 지금보다
훨씬 좋은 곳으로 데려가 줄지도 모르니까.

행복해

골치 아픈 프로젝트가 완벽하게 끝난 날
'참 잘했어요' 하는 의미로 나에게 선물을 한다.

환상의 초호화 크루즈 음악 여행!
파아란 바다를 가르는 어마어마한 여객선에서
마에스트로와 연주자들이 "어서 와요" 하며 미소 짓는다.
거부할 수 없는 유혹에 침이 꿀깍 넘어간다.
이들이 전부 한배에서 연주를 한다니.
얼마나 완벽한 순간이 될 것인가.
어떻게 보면 인생 최대의 꿈이 실현되었잖아.

오랜만에 호탕하게 한번 질러 볼까?
그런데 곰곰이 생각해 보니 그저 프로젝트 하나가 실현된 것뿐.

그래, 대신 화가 펠릭스 발로통의 묵직한 화집 한 권,
클라우디오 아바도와 루체른 페스티벌 오케스트라가 협연한
말러의 교향곡 2번과 9번 명반,
이 기분을 온통 향기로 내뿜어 강렬한 여운을 남겨 줄
작은 향수 하나를 산다.

칙칙 뿌리면 상큼한 과일 향기,
은은하면서도 달콤한 꽃향기가 완벽하게 어우러진 로맨틱한 향수.
홍차에 적신 마들렌 과자의 냄새가 프루스트의 잃어버린 시간을 찾아주었듯
훗날 이 향기는 오늘의 기억을 불러낼 테니.

거울을 들여다보면
지금 세상에서 가장 행복한 사람,
세상의 주인공은
바로 '나'.

그림으로
말해요

기억이란 불완전하다.
바로 어제 일어난 일도 시시콜콜 기억해 내기가 어려운데 하물며
시간이 한참 지난 일을 또렷하게 기억한다는 건 거의 불가능에 가깝다.
그래서 추억에는 모종의 상상력이 가미되기 마련.

손가락 한 번 눌러 추억이 될 순간을 찰칵 하고 간편하게 저장할 때도 있지만
고즈넉한 공원의 나무둥치, 모퉁이의 돌계단에 걸터앉아
마음 놓고 그리는 정다운 풍경 한 점이야말로
비로소 우리만의 지극히 사사롭지만 진실된 추억이다.
조금은 투박하고 서툴지만 온전히 내 방식대로 설계한 세계.

내 기억 속에 특별한 진실로 남을 이 순간!
그리다 말면 그리다 만 대로의 내 감정이 고스란히 녹아 있을 테니.

어떤 하루

결혼은 북극만큼이나 먼 나라 이야기.
그녀는 아직 거기로 갈 용기가 없다.
그러다 〈인터스텔라〉의 닥터 만 Dr. Mann 처럼
끝까지 혼자가 될까 두려워
이내 결혼을 생각하기도 한다.

닥터 만 Dr. Mann : 영화 〈인터스텔라〉에서 인류가 살기에는 적합하지 못한 행성에 불시착한 인물.
외로움에 몸부림치며 누군가 자신을 찾아와 주기만을 기다리다 결국 거짓 신호를 보낸다.

일기예보

혼자 산다는 건 혼자인 우리를 바라보는 시선,
세상의 삐딱한 말을 모두 감당해야 한다는 뜻.
혼자의 여유와 자유를 만끽하는 대신
톡톡히 지불해야 하는 대가.

"외로워서 결혼했는데 여전히 외롭다."
"어쩌면 더 외로울 수도 있다."는 사람들의 말은
혼자라는 껍질에서 벗어나고 싶은 마음과
누군가와 함께하고 싶은 마음 사이에서 머뭇거리고 망설이게 한다.

잠들기 전 일기예보를 확인하고 내일 입을 옷을 미리 코디하듯
그렇게 쉽게 결정할 수만 있다면 얼마나 좋을까.

우동
한 그릇

혼자 떠나는 여행이란
모름지기 뭔가를 기대하지 않아도 뭔가를 발견하게 되는
그런 뜻밖의 놀라움과 기쁨을 선사하는 법.

한겨울 도쿄의 여행길.
혼자서 한참을 걷고 또 걸어 지쳐 갈 무렵 따끈한 우동 한 그릇.
소박하고 아담한 우동집에서 뜨거운 김이 모락모락.
두 사람이 먹어도 될 만큼 큼직하고 고소한 냄새를 풍기는 새우튀김이
맑은 국물 속에 반쯤 몸을 담그고 있다.

한입 베어 물면 바사삭 하는 소리가 고작 네댓 개의 테이블이 있는
작고 조용한 식당의 공기 속으로 경쾌하게 퍼져 나간다.
튀김옷 안에 숨겨져 있던 새우의 통통하고 뽀얀 살은 허기진 배를
서서히 그리고 기분 좋게 채워 준다.

> 문을 나서면
> 나도 길 떠나는 자
> 가을 저물녘

요사 부손의 하이쿠를 읊으며 다시 길을 나선다.

어쩌다 혼자

도쿄. 골목길의 이자카야

싱글, 홀릭

'로카마두르의 절경을 담아.'

그녀는 엽서 한 장을 사서 짤막한 글귀를 담는다.

핸드폰으로 엽서며 이메일을 보내는 디지털 시대에,
복고풍 아날로그 싱글은 엽서나 카드에 손글씨를 적는다.

엽서 몇 장을 더 고르고 크로칸트 쿠키 앞에 멈춘다.
입안에서 부서지는 바삭바삭한 크로칸트 쿠키.
디지털이냐 아날로그냐, 그런 걸 따질 때가 아니다.
지금 이 순간은 머리보다 입이 먼저.
입안에서 살살 녹는 감칠맛에 쿠키 봉지를 휘젓는 손이 분주하다.

쿠키를 먹으면서도
키 낮은 돌담과 반질반질 닳은 돌바닥이 선사하는 정다운 풍경에
찰칵 마음의 셔터를 누른다.

혼자이지만
지금 이 순간 싱글의 마음 온도는
사르르 눈 녹이는 봄 햇살.

옷장

핑크, 레드, 블루, 바이올렛…… 거리는 알록달록 화려한 색의 물결로 넘쳐 난다.
다들 봄이 왔다고 아우성치는 듯하다. 그런데 참 이상도 하지.
여자의 옷장 안은 초라하기 짝이 없다.

왜 이맘때만 되면 여자들에겐 옷이 없는 걸까.
괜스레 블루 컬러의 블라우스를 골라 걸치고 거울을 보며 맵시를 살핀다.
'이 옷이 이렇게 추레했나.'
옷장을 정리해 본다.
운이 좋으면 한동안 입지 않았던 화사한 옷이 구석에서 불쑥 튀어나올 수도 있으니.

내일은 리셉션 행사인데.
'음, 뭘 입어야 하나.'
입고 갈 옷이 없다.
왜 옷들이 하나같이 변변치 않을까.
남자들은 절대 이해 못 할 것이다.
옷 때문에 불만과 스트레스가 쌓이는 우리를.
며칠 동안 눈에 밟혔던 옷들을 확 질러 볼까.
그러다 눈을 질끈 감는다.
결국 고르고 고르다 내일 리셉션 때 입을 복장은
바로 평소 늘 챙겨 입던 그 옷!

화려하지는 않지만
언제나 나름대로 제 역할을 충실하게 해낸
그린 컬러의 블라우스와 라인이 살아 있는
블랙의 깔끔한 정장 바지.
'그래, 이거면 충분해!'

길 위에서

위로가 필요할 때 우리는
가방 하나 짊어지고 뚜벅뚜벅 길을 나선다.
필요한 건 설렘과 호기심뿐.

눈을 크게 뜨고 귀를 기울이면
길 위의 소소한 풍경에서 생의 신비로움을 만나게 될 것이다.

그리고
지금까지 못 본 자신의
다른 모습도.

따라라
따라라라라라

노래 한 토막을 듣고 두근두근.
제목은 알 수 없다.
그럴 때는 노트에 적어 본다.

따라라 따라라라라 도라솔 파라시시시.
혹은 무슨 무슨 광고의 배경음악.

어쩌다 혼자

'따라라 따라라라라라'는 그렇게 머릿속에 저장된다.
일부러 그 곡을 흥얼거리려고 하면 절대 떠오르지 않다가도,
지쳐서 나른해진 어느 날 갑자기 툭 튀어나와 나를 토닥여 준다.

그렇게 무수한 '따라라 따라라라라라'가
우리의 일상을 구원한다.

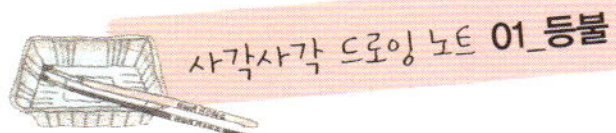

펜과 마커로 그리기

교토 니시키 시장에서 본 등불

준비물

스케치북(아이비스 드로잉북)

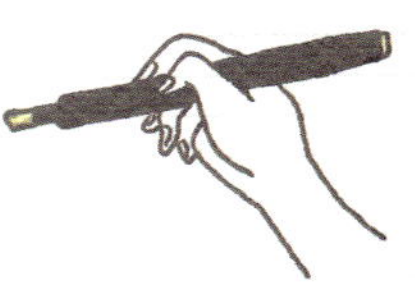

마커(신한 아트):
파스텔 그린 Y49, 딥레드 R10

펜(스테들러 Staedtler) 0.2mm

그리고……

초콜릿!

1. 마커의 양쪽 끝에는 두꺼운 부분과 얇은(뾰족한) 부분이 있다. 마커의 두꺼운 부분을 이용해 등불의 가운데에 있는 노란 네모 부분을 그린다.

2. 마커의 두꺼운 부분을 세워 등불의 둥근 부분을 빨갛게 색칠한다.

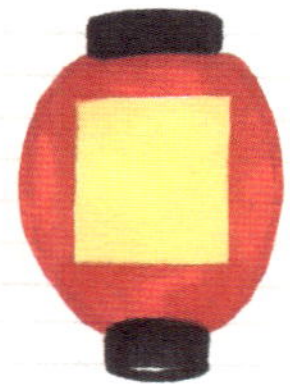

3. 역시 마커의 두꺼운 부분을 세워 등불의 위, 아래 부분을 까맣게 칠한다.

4. 마커의 뾰족한 부분으로 노란 부분에 한자를 쓴다.

5. 펜으로 가로와 세로 선을 긋되 등불의 원 모양에 맞춰 그어 준다.

6. 펜으로 등불의 위, 아래 검정색 부분에 실선을 그으면 완성!

#2

뭉클하는
순간

그런 하루

새해가 코앞에 다가오는 때면 우리는
아주 이상하리만치 마음이 들뜨곤 한다.
울려 퍼지는 캐럴 때문인지 형형색색의 선물 꾸러미 때문인지 모른다.
그러면 마음을 담담하게 가라앉혀 본다.

이를테면 한 해 동안 끄적거린 노트나 메모를 들춰 보면서
지금까지 한 일들, 일어난 일들을 되새겨 본다.
손이 가는 에세이나 그림책을 꺼내 읽는다.
누군가와 맛있는 음식을 먹으며 두런두런 이야기를 나누고
엽서를 골라 글씨를 꾹꾹 눌러 써본다.

그리고 행복한 그림을 그려 본다.
그토록 기다리던 그 한 사람을 만날 수 있을 거라 기대하며……

우타가와 히로시게 작품 모사

혼연일체

공방 안에서 공예품을 제작하는 장인들의 세심하고 정교한 손길이 예사롭지 않다.
하찮아 보이는 작은 구슬 하나에도 집중해 섬세함과 정성을 담아내고 있다.
한마디로, 작업을 예술의 경지로 끌어올리는 응결된 정신력.
손에서 일이 녹는다.
숨결이 느껴진다. 장인의 내공이 느껴진다.

어차피 선택한 일이라면 그럭저럭 잘해 내는 정도로 만족하기보다는
자신을 잊을 정도로 몰입하고 즐겨 보자.
평생 자신의 일에 철저히 매달려 경지에 오른 장인들과
감히 견줄 수는 없지만 자연스레 일과 하나가 되어 보자.
혼자인 우리에게 주어진 시간과 열정을 오롯이 쏟아 보자.

어쩌다 혼자

진료
대기실에서

앙상한 몸에 쓰러질 듯 비틀거리는 여자,
여자를 부축하며 걸어오는 남자.

얼핏 보기에도 중병에 걸린 듯한 그녀는
진료실 앞에 앉아 가쁜 숨을 쉬고 있었다.

남편인 듯한 그는 "이젠 괜찮을 거야, 괜찮아" 하면서
안타까운 표정으로 그녀를 바라보았다.

백발이 성성한 할머니가 되기도 전에 저렇게 병이 들면 어쩌지?
세상에 가족이라고는 없이 철저히 혼자가 되어 버리면?

우리라는 이름으로 함께 살아갈 누군가가 있으면
조금 안심이 될까?
복잡한 생각이 드는, 쓸쓸한 그런 날.

초코홀릭

내일 아침 체중계에 발을 올리다 또 한 번 소스라치게 놀라는 한이 있어도
내일은 내일의 태양이 뜬다. 지구가 멸망해도 사과나무를 심는다.
그러니 몸무게 따위 잊어버리고 스트레스나 확실히 다스려 주자.
수고한 몸과 마음을 다독여 주자.

포장을 조심스레 개봉한다. 반짝이는 은박지를 톡 하고 열어 본다.
오, 매끄럽고 부드러운 자태를 드러낸 다크 브라운의 유혹!
그 유혹에 못 이기는 척 넘어간다.

초콜릿바, 아몬드나 땅콩이 들어 있는 초콜릿은 확실하게 씹어 준다.
속에 아무것도 들어 있지 않은 초콜릿이라면 입안에 넣고 천천히 녹여 준다.
입안에 남은 조금 단단한 초콜릿 덩어리를 오도독 씹어 넘긴다.
달달함이 서서히 퍼지면 언제 그랬냐는 듯
쌓였던 스트레스는 눈 녹듯 사라질 테니.

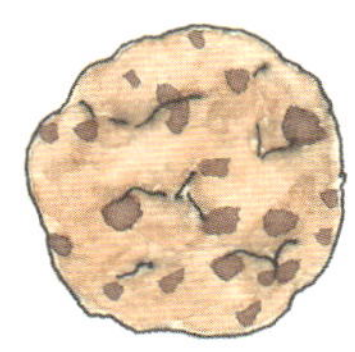

어쩌다 혼자

미치도록
쓰고 싶은 날

쓰고 싶다, 쓰고 싶다, 쓰고 싶다.
그런데 멋진 문장도 멋진 스토리도 떠오르지 않는다.
머릿속은 하얗고 자판기는 두드렸다 지웠다를 반복한다.
그럴 때는 내 이야기 대신 차라리 마음에 담은 시를 필사하고 소리 내어 읊는다.
그러면 이내 청순한 시인의 마음은 온전히 내 것이 되니까.

푸르른 날 (Jours brillants)

서 정 주

눈이 부시게 푸르른 날은
그리운 사람을 그리워 하자.

저기 저기 저, 가을 꽃 자리
초록이 지쳐 단풍 드는데

눈이 나리면 어이 하리야
봄이 또 오면 어이 하리야

내가 죽고서 네가 산다면!
네가 죽고서 내가 산다면!

이토록
소소한 순간

재스민차의 따뜻한 향기.

진한 초콜릿 조각 케이크의 쌉싸름하면서도 달콤한 맛.

아사삭 베어 물면 냄새조차 달디단, 새빨간 사과 한입의 싱그러움.

깨끗하고 투명한 유리잔에 담긴 물 한 잔을 꼴깍꼴깍 들이킬 때의 시원함.

하루키의 가벼운 듯 자유로운 안티스트레스 에세이.

가슴을 얼얼하게 만드는 문장이 여기저기 흩어져 있는 소설.

아무 때나 불쑥불쑥 튀어나오는 그 문장들을 되새길 때의 몽롱함.

수화기 저편에서 들려오는 누군가의 나직하고 감미로운 목소리.

〈쎄시봉 C'estsi bon〉을 부른 이브 몽땅의 시크한 비음.

창가를 두드리는 투명한 빗방울 소리.

화분을 뚫고 솟아오르는 어린 새싹의 연둣빛.

어쩌다 혼자

회사 근처에서 아침마다 마주치는 골든 리트리버의
포근하고 보드라운 황금빛 털의 감촉.
그리고 이 모든 순간을 스케치하듯 끄적거리는 분주한 손놀림.

사소하고 자잘한 기쁨들이
퍼즐 조각처럼 맞춰지는 여자의 하루.

맛있는 인생

눈을 뜨면 또 아침. 오늘도 많은 선택의 순간이 기다리고 있겠지.
순간순간, 하루하루가 선택의 연속이다.

점심도 마찬가지.
"어린 왕자가 4시에 온다고 하면 3시부터 행복해질 거야!"라고
여우가 말했듯 점심시간이 12시라면 11시부터 배가 고파진다.

"인생은 B와 D 사이의 C이다."라고 했던 장 폴 사르트르.
점심시간엔 고민과 선택을 반복해야만 한다.
'그까짓 점심 한 끼'가 아니다. 선택을 잘하면 오후 내내 편안하다.
자칫 잘못한 결정은 오후의 고생이다.

바쁘니 점심을 건너뛸까? 귀찮은데 라면으로 때울까?
어느 식당의 간판은 말한다.
'점심은 하루의 즐거움'이라고.
예민한 안테나를 빳빳이 세우고 이걸 먹을까 혹은 저걸 먹을까, 고민해 본다.

베이커리의 샌드위치 코너 앞에 선다.
아주 푸짐하고 먹음직스러운 샌드위치를 선택한다.
샌드위치를 선택했다는 건 다른 모든 메뉴를 포기했다는 것.

고독한 미식가처럼 맛을 느끼고 감탄하고,
그 느낌을 놓치지 않고 표정에 드러내 본다.

으음~ 내 입도, 위장도 만족해할 만한 맛이다.

빵의 부드러운 식감에 야채는 방금 따온 듯 아주 신선하고

햄과 치즈는 적당히 짭조름하고 소스는 담백, 깔끔하다.

덤으로 얹혀진 장식에 눈도 즐겁다.

전혀 아쉬운 게 없는 탁월한 선택. 남부럽지 않은 즐거운 점심 한 끼.

이 순간만큼은 누구에게도 방해받을 수 없어.

맛을 오롯이 음미하자. 호사를 누려 보자. 입속에 천국이 있다.

이 세상 최고급 레스토랑은 바로 여기.

산책

숨가쁘게 달려온 일주일의 끝,
무지근한 주말 아침, 지도앱을 켠다.
오늘은 남산으로 가볼까.

걸어도 걸어도 끄떡 없는 내 발처럼 편안한 낡은 운동화를 신고,
펜과 노트를 챙긴다.
끌리는 길을 따라 발걸음을 옮기다 보면 이마에 맺히는 송골송골 땀방울,
다리에 느껴지는 약간의 피로에 기분이 외려 가벼워진다.

벤치에 멍하니 앉아 모든 생각을 쫓아 버린다.
바람도 내 편, 햇살도 내 편.
팍팍한 삶도 조금은 가뿐해진다.

어쩌다 혼자

연인의 곁

태양이 바다에 미광을 비추면
나는 너를 생각한다.
희미한 달빛이 샘물 위에 떠 있으면
나는 너를 생각한다.

−괴테의 시 〈연인의 곁〉에서

안단테
안단테

달짝지근한 디저트,
코를 자극하는 진한 커피 한 잔으로 아침식사를 즐기고
책 냄새 배어 있는 작은 서점과
이름 모를 화가의 그림이 걸려 있는 갤러리를 찾아 충전을 한다.
아름드리나무가 그늘을 드리운 벤치에 앉아 손바닥 소설에 빠진다.

해가 뉘엿뉘엿 저문 어스름한 하늘 아래
영화 한 장면 같은, 어쩌면 조금은 단조로운
안단테 안단테
혼자라서 가능한,
가끔은 이런 하루.

어쩌다 혼자

엄마 안의 소녀

엄마 하고 부를 때의 느낌이란 말하자면
마시멜로, 카스텔라, 솜사탕, 젤리, 실크 스카프, 담요,
털목도리, 손난로, 고향……과 같은 것.
부드럽거나 따스하거나 폭신폭신한 온갖 단어를 모아 두면 된다.

대체적으로 한국어의 ㅁ 에 해당하는 발음들.
한결같이 따스함이 느껴진다.

우리 엄마가 좋아하는 것들

초록빛 풀향기, 상큼한 꽃향기

화초에 물 주기

잔잔한 파도가 일렁이는 바다

백사장의 하얗고 부드러운 모래 밟기

맑고 깨끗한 물

단정한 물빛 원피스

뽀송뽀송한 옷가지

면 행주, 면 손수건

뽀드득 뽀드득 윤기 나는 그릇

요리하기

장 담그기

자식들이 잘 먹고 건강한 것

왕방울 사탕

입안에서 사르르 녹는 카스텔라

잠자리에 들기 전 가끔 딸과 함께하는 마스크팩

순정만화 같은 로맨틱 드라마, 영화

팻 분의 노래, 그리고 '해변의 길손' 같은 경음악

사람 사는 냄새가 나는 재래시장
그런 시장에서 흥정하기
같은 장소도 다른 길로 다녀 보기
근면, 성실, 그리고 소박함…….

잠자리에 들기 전 엄마의 얼굴을
가만히 쓰다듬어 본다.

세월의 흔적이 얼굴 곳곳에 자리를 잡았어도,
세상에서 가장 보드랍고 포근한 엄마의 살.
엄마의 얼굴이 애틋해 자꾸만,
자꾸만 들여다본다.

라벤더 향기는
바람에 흩날리고

범람하는 황금빛 햇살,
보랏빛 파도처럼 굽이굽이 춤추듯 넘실대는 라벤더 밭.
그 밭에서 뿜어 나오는 묵직한 향이
바람에 실려 퍼져 나갔다.

그 풍경, 그 향기가 그녀의 발걸음을 붙들어 놓았다.
남프랑스의 마노스크는 그런 곳이었다.
언덕은 움직임이고 호흡이라던 장 지오노의 말처럼
마노스크의 라벤더 언덕은 쏟아지는 노란 햇살과
출렁이는 보랏빛 파도의 호흡이었다.

잊힐 리 없는, 언젠가 고스란히 되살아날
그리운 보랏빛 추억.

골목길

무심코 발을 들여놓은 골목길
올망졸망 모여 있는 작은 집들
엄마가 아이 부르는 소리
아이들이 재잘거리는 소리
이따금씩 개 짖는 소리

매끌매끌한 돌바닥의 차가운 냄새
창가에 놓인 빨간 화분의 꽃 냄새
작은 빵가게의 갓 구운 구수한 빵 냄새

어슬렁어슬렁 고양이
생각지 않은 만남
입가에 번지는 미소……

골목길만이 연출해 낼 수 있는 풍경들
혼자 유럽의 골목골목을 누비며 맛보는
쏠쏠한 재미들

스위스 베른의
골목길에서 만난 창가

어쩌다 혼자

낭프랑스의 어느 골목길

삶이란

어렸을 때는 완전하고도 불멸한 것에 대한
갈망과 동경이 늘 앞섰다.
지금도 그것을 내세우며 산다.
크고 작은 목표들을 향해 전력을 다한다.
목표들을 열심히, 차근차근 이룬 결과가
오늘의 우리 모습이다.

그렇게 순간순간 최선을 다했지만
온전히 사랑했었는지 가끔은 확신이 들지 않는다.

부지불식간 세월의 강을 이만큼 건너온 오늘,
순간순간 마주치는 것들이
오히려 우리의 심장을 팔딱팔딱
뛰게 한다는 것을 깨닫는다.

출근길에 만나는 꽃길

어쩌다 혼자

'지금, 이 순간'을 사랑하는 힘으로
우리는 살아 왔고, 또 살고 있기를.

삶이란 그런 것.
'쎄라비 C'est la vie'.

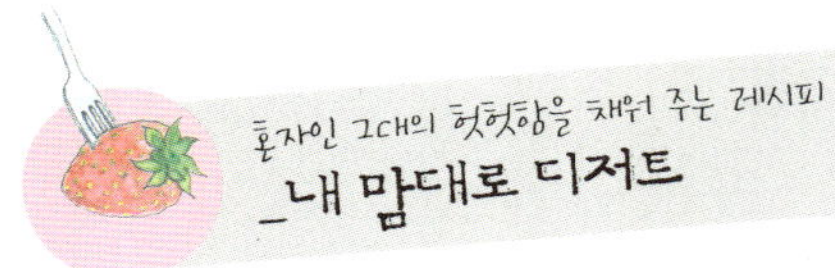

_내 맘대로 디저트

\# 둘레가 갈색으로 바삭하고 적당하게 구워지고,
　안쪽은 아기 피부처럼 뽀얗고 부드러운 식빵부터 준비.

\# 식빵의 안쪽에 견과류가 들어 있지 않은 초콜릿 아이스크림을 듬뿍 얹어 펴 바르고
　아이스크림이 빵 속에 차츰 스며들기를 기다린다.

\# 아이스크림이 없을 때는 초콜릿으로 대체. 초콜릿을 녹여서 펴 발라 준다.
　여기서 포인트는 반드시 아이스크림 혹은 초콜릿을 녹인 것이어야만 한다는 것!

달콤한 초콜릿과 아이스크림의 시원함은 결코 상투적이지 않다.
그 절묘한 조화를 느끼고 싶다면 지금 당장 실행해 보시길~

※ 주의: 자기 전에 내 맘대로 디저트를 먹으면
　　배 속이 부글부글해 잠을 설칠 수 있으니 자기 전에는 금물.

_쇼팽의 초상

연희는 지도를 들고 생 제르맹 교회를 찾았다. 연희가 가려는 곳은 교회가 아니라 교회 뒤에 있는 들라크루아 미술관이었다. 파리의 골목길에는 갤러리가 많지만 이곳은 그냥 지나쳐도 모를 구석에 있었다. 남프랑스 여행 중에 잠깐 파리에 들른 연희는 작정하고 이 미술관을 찾았다.

미술관 내부는 생각보다 작았지만 혼자서 조용히 감상하기에는 아늑하니 괜찮았다. 그림을 보다가 창가를 내다보니 자그마한 정원도 있었다.

그림을 다 보고 연희는 엽서를 보고 있었다. 미술관에 들를 때마다 엽서나 책갈피를 사는 것은 연희의 오랜 습관이자 취미였다. 많지 않은 엽서 중에서 연희의 눈에 띈 건 쇼팽의 초상화 엽서였다. 연희가 들라크루아를 좋아하게 만든 바로 그 초상화.

연희는 엽서를 보자마자 손을 내밀었다. 그런데 그때 누군가의 손이 연희의 손을 스쳤다. 깜짝 놀라 고개를 들어보니 연희와 거의 동시에 그 엽서를 잡으려고 하는 이 남자? 그가 먼저 말을 꺼냈다.

"아, 어쩌죠. 같은 엽서를 골랐네요."

"그러네요."

한 장밖에 남지 않은 엽서를 놓고 두 손이 마주치고, 두 눈길이 마주치고, 서로 겸연쩍어하는 두 사람 앞에서 미술관 직원은 빙긋이 웃는다.

연희는 엽서를 샀다. 그러고 나서 엽서 옆에 진열된 들라크루아의 책갈피를 두 개 사서 하나를 그에게 내밀었다.

"괜찮습니다, 저는."

"아뇨, 감사해서요. 그래야 제 마음이 편할 것 같아요."

파리 생 제르맹 데 프레

"그럼 받아 둘게요."

두 사람은 본의 아니게 함께 미술관을 나서게 되었다. 미술관의 입구 앞에서 남자가 다시 말을 걸었다.

"미술관에는 자주 오시나요? 그림을 좋아하시는 것 같은데."

"남프랑스를 여행 중이었는데 들라크루아 미술관에 오고 싶어서요."

"들라크루아 미술관 하나 때문에 파리에 들렀다니 어지간히 좋아하는 게 아닌가 보군요."

남자는 눈을 둥그렇게 뜨고 연희를 멀뚱멀뚱 바라보았다.

"뭐, 한 끼 정도 대충 때워도 가고 싶은 미술관에는 가야죠. 좋아하는 그림이 있는 곳이라면 그게 어디든 그림만 보고 돌아갈 수도 있어요."

"음, 왠지 그럴 수도 있을 것 같군요. 보고 싶은 공연 때문에 지구 반 바퀴를 날아갔다 온 적이 몇 번 있으니까요."

"아, 그러세요? 사실 쇼팽의 초상화가 아니었다면 들라크루아 미술관에 굳이 올 생각은 못했을 거예요.

"그래서 초상화 엽서를 사려고 하셨군요."

"네. 당신도 들라크루아를 좋아하는 거겠죠?"

"뭐랄까, 들라크루아의 그림에서는 에너지와 섬세함이 느껴져서 좋아요."

남자는 지중해처럼 깊고 푸른 눈을 가지고 있었다. 단정한 얼굴선과 이목구비는 금색과 갈색 사이의 빛깔을 띤 머리카락에 잘 어울렸다.

"참, 저는 아르노 르그랑Arnaud Legrand이라고 합니다. 아르노라고 불러 주세요."

"저는 정연희예요. 정은 성, 연희가 이름이구요."

이야기를 하다 보니 두 사람은 어느 방향이랄 것도 없이 나란히 걷다가 이미 생 제르맹 데 프레Saint-Germain-des-Prés의 거리까지 나왔다.

"혹시…… 시간 되시면 차 한잔하시겠어요?"

아르노는 연희에게 카페 드 플로르Café de Flore를 가리켰다.

"아, 카페 드 플로르라면 사르트르와 보부아르가 자주 만났다던 그 카페 맞죠? 가본다 가본다 해놓고선 아직 한 번도 못 가봤는데 오늘에야 가는군요."

"하하, 제가 안내하죠."

두 사람은 카페 테라스에 앉았다.

"역시 사람들로 넘쳐 나네요."

연희는 빛이 내린 대낮의 생 제르맹 데 프레 거리를 바라보며 말했다.

"네, 여긴 젊음의 거리, 사랑의 거리죠."

아르노는 연희가 바라보는 방향으로 시선을 돌리며 말했다.

아르노는 연희에게 살짝 윙크했다. 연희는 윙크가 프랑스 남자들의 습관이라는 걸 회사에 다니며 알게 되었지만 그래도 어색했다. 괜스레 쇼핑에 관한 이야기를 꺼냈다.

파리의 고즈넉한 거리

"그거 아세요? 아까 엽서에 담긴 쇼팽의 초상화는 반쪽짜리라는 거."

"나머지 부분은 조르주 상드를 그리려 했다죠?"

"네. 완성되지는 못했지만 복원된 그림을 보니까 상드가 뜨개질하는 그림이었어요. 사실 사람들은 상드 하면 뭔가 남성적인 느낌을 가져서 그런지 뜨개질을 하고 있는 모습에 놀라는 것 같아요."

"그럴 수도 있겠죠. 남장을 하고 파리를 누비고 다녔다든가 하는 이야기 때문이겠죠."

"스폰지 같은 여자였을 거예요, 상드는. 남성 위주의 사회에서 많은 지식을 흡수하고 글을 쓰고……."

연희는 나직한 목소리로 상드에 관한 이야기를 풀어 갔다.

"당신은 섬세한 사람인 것 같아요."

"가끔은 심드렁하기도 해요."

"재미있네요. 하지만 사는 데 그런 태도도 필요하죠."

주거니 받거니, 아르노와 연희의 대화는 물 흐르듯 자연스러웠다.

갸르송이 놓고 간 커피 잔이 딸깍 하고 테이블에 살짝 부딪혔다. 아르노는 연희가 찻잔을 가만히 응시하는 모습을 지켜봤다. 동양인 특유의 차분함이 서려 있는 얼굴이었다. 까만 머리카락, 단정한 이마, 또렷하고 짙은 갈색의 눈동자…….

"쇼팽 이야기가 나와서 말인데, 연희는 어떤 피아노 연주자를 좋아하죠?"

"아르투르 루빈스타인이나 마우리치오 폴리니도 좋아하고 장 이브 티보데도 좋아해요, 쇼팽 스페셜리스트 중에서는."

"아르노는요?"

"특별히 좋아하는 연주자가 있다기보다는 곡에 따라 괜찮다 싶은 연주를 듣는 편이죠. 그것도 나름대로 괜찮거든요."

생 제르맹 데 프레의 거리에는 이미 땅거미가 지고 있었다. 노을이 지는 생 제르맹 데 프레역에서 두 사람은 헤어졌다. 푸른 눈동자의 남자. 연희처럼 들라크루아를 좋아하는 남자. 그는 '나중'이라는 말을 남겼었다.

휴가를 마치고 집에 돌아온 연희는 짐부터 풀었다. 그간 많은 이메일이 쌓였겠지. 이메일함을 열고 찬찬히 읽어 내려갔다. 동료 부부, 거래처의 이메일, 청구서, 광고, 그리고……아르노의 이메일이 와 있었다.

아르노는 이후에도 연희에게 자주 이메일을 보냈다. 그간 한국에 관해 읽은 책이며 신문 내용을 이야기하곤 했다. 가끔은 연희에게 책이나 그림엽서를 보내주기도 했다. 두 사람은 이제 'vous'가 아닌, 친근해진 'tu'로 이메일을 주고받았다.

서울에는 첫눈이 내렸다. 연희는 얼마 전 아르노에게 이메일을 보냈었다. 아르노에게서는 며칠째 답장이 없다.

3주가 지나갈 무렵 연희는 초조하게 아르노를 걱정하고 있었다.

'무슨 일이라도 생긴 걸까.'

연희는 일을 마치자마자 사무실을 나섰다.

'오늘은 아르노에게 전화라도 해봐야겠어.'

연희는 빌딩을 나서며 발길을 재촉했다. 그러다 걸음을 멈춰 버렸다.

"연희!"

"아르노?! 어떻게 된 거야. 한참 동안 연락도 안 되고. 여긴 어떻게 찾아왔어? 내가 출장이라도 갔으면 어떡하려고?"

"실은 아까 사무실로 전화했었어. 다른 직원이 받길래 물어봤지."

"……."

"미안 미안. 연희, 실은 나 이사했어."

"밑도 끝도 없이 이사라니. 언제, 어디로?"

"서울!"

"말도 안 돼!"

"말 되고말고."

"세상에."

"몸은 언제나 마음이 있는 곳에 있어야 해. 연희, 그 얘기 들었어? 쇼팽과 상드의 초상화를 잘하면 루브르에서 동시에 볼 수 있대."

"정말? 그럼 코펜하겐의 상드 초상화가 루브르로 이사를 오는 거네?"

"듣고 보니 그렇군. 사랑은 움직이는 거니까. 하하."

세상은 온통 흰 눈으로 뒤덮였다.

-모티프: 외젠 들라크루아의 그림 〈쇼팽의 초상〉

#3

열정
100°C

커피홀릭

하루에 마신 커피만 해도 족히 50잔은 된다.
아니, 어쩌면 100잔일 수도 있다.
평생 마신 커피는 무려 5만 잔?
'악마의 유혹'에 빠져도 단단히 빠졌던 그 남자,
'소설 공장' 오노레 드 발자크 Honoré de Balzac.

그렇게 '작작' 마셔 댄 이유는?
답은 전혀 고상하지 않다.
빚더미에서 탈출하려고!
끊임없이 글을 써야 했으니까.
커피를 마셔야만 글이 써졌으니까.

어쩌다 혼자

100여 편의 장편소설과 많은 단편소설, 잡문까지 마치 기계처럼 써댔던 남자.
커피를 마셔 가며 하루에 16시간 정도를 글쓰기에 매달리고
며칠씩 한숨도 자지 않고 글을 썼다는 남자.

작품도 빨리빨리, 죽음도 빨리빨리.
그가 커피에 중독되지 않았다면
우리가 『골짜기의 백합』을 펼쳐 볼 수 없었을지도 모른다.

영감이 폭포수처럼 머리 위로 떨어질 때 커피를 마시며
그 영감을 쫓기듯 받아 적는 발자크의 모습, 참 근사하지 않은가!

커피홀릭인 발자크에게 밀어닥친 온갖 아이디어들이
어찌하여 이 시대 커피홀릭인 우리에겐 달려들지 않는 걸까.
그렇게나 학수고대하는, 반짝하는 영감의 순간은 어찌하여 오지 않을까.

엄마 손

정열의 불꽃들이 연주하는 가스레인지는 한여름의 교향악,
양념 수저를 든 엄마는 요리 마에스트로.

큰 냄비에서는 구수한 찌개가 보글보글,
작은 냄비에서는 나물 삶는 구수한 냄새,
프라이팬에서는 탁탁거리는 계란 프라이.

그저 평범한 식재료들을
그저 평범한 냄비 속에서 지지고 볶아도
엄마의 요술 손을 거치면
맛깔스런 요리로 변신한다.

관절염으로 손마디는 굵어지고 구부러졌어도
엄마의 손은 신명나게 움직인다.

그동안 고맙다, 사랑한다는 표현 한 번 제대로 못 하고
걸핏하면 짜증만 내서
엄마, 정말 미안해요~

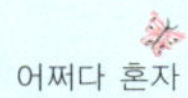

어쩌다 혼자

200°C

헝클어진 머리카락에 굽은 등과 뒤틀린 척추,
주저앉은 어깨뼈에도 불구하고 그녀는 늘 피아노를 쳤다.
열여덟이라는 아리따운 나이에
뼈와 근육, 세포가 붙어 버리는 병*에 걸려
굽은 등을 펴지 못한 채 평생 노파의 모습으로 살았다.
신동, 순수한 영혼, 불굴의 음악 성자라는 온갖 수식어에도
그녀의 인생 키워드는 '혼자' 그리고 '피아노'.

젊은 나이에 어머니마저 잃고 고양이 한 마리만이 그녀와 함께했다.
쉴새 없이 피신해야 하는 유대인 신세에 뇌졸중마저 발병해 반 시체의 몸이 되었다.
초인적인 의지를 발휘해 다시 영광을 얻었지만
기차역 계단에서 굴러떨어져 영영 세상을 등지고 말았다.

수줍고 병약해 늘 외로웠지만 처절한 예술혼을 불사른 그녀.
가늠할 수 없는 삶의 무게에 짓눌려
혼자 두려움과 싸우면서도 희망을 부둥켜안았던 그녀.
죽음의 문턱에서도 자신을 행운아라고 생각한 그녀.

피아니스트 클라라 하스킬 Clara Haskil.
그녀가 피아노 건반에 새긴 열정은 200°C.

* 다발성 경화증

초코 칸타타

스위스 초콜릿은 거의 모든 포장에
스위스 국기가 붙어 있다.

도대체 언제부터였을까, 초콜릿에 빠지기 시작한 건.
아주 춥고 눈이 소복하게 쌓인 겨울날, 어느 가게 앞을 지나다가
유리창에 비친 초콜릿에 두근거렸던 적이 있지. 아마 그때부터였을 거야.

"초콜릿 없는 인생을 상상할 수 있어?"라는 말은
"새가 없는 하늘을 상상할 수 있어?"와 같은 말.

초콜릿은 참으로 오랜 시간 함께해 온 우리의 벗이며
피곤할 때나 지칠 때 어깨의 무거움을 나누는 동반자.
그래, 'Life will never be the same without chocolate.'
한마디로, 초콜릿 없는 인생이란 우리에겐 앙꼬 없는 찐빵과 같지!

아, 초콜릿은 얼마나 기가 막힌지.
천 번의 키스보다 사랑스럽고
머스컷 와인보다 달콤해요.

……

엄마
제가 만일 작은 조각이라도 하루 세 번
초콜릿을 맛볼 수 없다면,
구운 염소고기처럼 말라 버릴 거예요.

– 나만의 '초코 칸타타'(원곡: 바흐의 '커피 칸타타')

달과 6펜스

오늘도 '지옥철'에 몸을 구겨 넣는다.
열차 문이 닫히기 일보 직전,
가방을 겨우 추스르고 무사히 탔다는 안도감에 한숨을 내뱉는다.
악전고투, 진땀 나는 출근길에 체력은 이미 방전.

먹고사는 것만큼 중요한 문제가 있겠느냐는 애 딸린 친구의 조언에,
이상과 현실의 균열에 마음은 갈 곳을 잃는다.

손목 터널 증후군에 시달리고 열정이 소진되어도 견뎌 내야 하는,
사막 같은 하루하루.
그래도 꿈은 사막의 오아시스.

해와 달이 뜨는 한 꿈꾸자, 더욱 빛날 우리를 위해.
다가올 듯 말 듯, 보일 듯 말 듯해도
꿈꾸는 동안 행복의 기회는 우리 곁에 머물 테니.

반짝반짝 여행

"유랑하고 헤매고 돌아오는 거야."

〈심야식당〉의 코바야시 카오루가
길 떠나는 오다기리 죠에게 건넨 그 한마디.

여행의 정의란 이런 게 아닐까.
일상으로 돌아오려고 여행을 하니까.
하루하루를 더 잘 살기 위해 여행을 하니까.
집으로, 직장으로,
나를 찾는 누군가가 있는 곳,
말하자면 우리의 자리로 돌아와야 하니까.

다녀온 곳이 자꾸자꾸 생각나지만
돌아올 곳이 있다는 건
마음 푸근해지는 일.
그러니 여행이야말로
일상에 보내는 오마주.

No music,
no life!

쌓여 있는 음반들 사이에 앉아 한 곡 한 곡 듣는다.
조르주 치프라의 라흐마니노프인지,
보리스 베레초프스키의 버전인지 구별하며
미칠 듯한 기쁨을 느낀다.

나만의 음악 목록을 만들다 지칠 때는 stop!
탐닉한 악보들을 파일로 저장하다 힘들 때도 stop!
그래도 음악은 non stop!

밥을 먹을 때도, 끄적거릴 때도, 잠들기 전에도 음악을 듣는다.
작곡가의 노고와 집념을 이해해 보려는 마음으로 정성스럽게,
유행 따위에 괘념치 않고.
우리에게 음악이 없다면 사는 재미조차 없을 것이다.

어쩌다 혼자

기쁨은
방울방울

"번거롭게 손으로 쓰세요?"

컴퓨터나 스마트폰이 있는 이 속도의 시대에
그녀는 아직도 손으로 편지를 쓴다.
자신의 글씨를 아끼고 사랑한다.
글씨가 풍기는 멋, 글 속에 서린 기운,
이런 것들이 개인의 성품을 반영한다나!

펜을 굴려 가며 편지를 쓸 때면
가슴속에 기쁨이 방울방울 퍼져 나간다.
그녀의 존재 깊숙한 곳에 뿌리내린 버릇.
세상이 여기서 더 변한다고 해도
아날로그적인 삶을 포기하고 싶지 않다.

어쩔 수 없는 습관, 그런 어쩔 수 없는 고집이
도리어 그녀를 지탱해 준다.

몰입의 시간

시계 태엽 같은 하루하루에 지쳐
두근거리는 가슴이 필요하다면 악기를 배워 본다.

기타, 바이올린, 피아노……
손끝과 악기가 만나 음을 만들어 내는 시간에 온전히 집중해 보자.

기분 전환이라 해도 좋다.
도피라 해도 좋다.
힐링이라 해도 좋다.
설레는 마음과 열정을 쏟을 수 있다면.

몰입의 시간

만약

살다 보면 왠지 그런 날이 있다.
내일이란 게 있을지 두려워지는 날.
세상은 잘 돌아가는데 나만 이러고 있나, 싶은 날.
산다는 게 어차피 다 그렇고 그런 거지,
하다가도 어둠 속에 갇힌 것처럼 갑갑해 출구가 간절히 그리운 날.
한마디로 나, 잘 살고 있는 걸까?
뭐 그런 생각이 드는 날.

그런 날에는 공항에 간다.
두근두근!

특가 항공 이벤트를 번개같이 검색해서
1박2일이라도, 월차를 내서 2박3일이라도 하늘을 날아 본다.

환상의 섬

어릴 적 연필과 종이, 가위가 빚어 내는 세상은
때론 왕자, 공주가 사는 성이 되고
동물이 사는 환상의 섬이 되기도 했다.
그 세상은 걱정거리 없는 포근하고 근사한 낙원.

그런 상상력을 나이가 들어도
언제까지나 간직하고 살기를 원한다면
연필과 종이와 붓과 색감을 멀리하지 말자.

멈출 수 없어

심심하면 인터넷 서점을 배회하는 여자.
책 광고만 보면 마우스 휠을 굴리는 여자.
딸깍딸깍 클릭을 하다
어느새 장바구니가 꽉 찬 줄도 모르는 여자.
한 달치 월급쯤 순식간에 날릴 기세인
책 욕심 넘치는 여자.
뭉클한 문장 하나만 발견해도
계산대로 쪼르르 달려가는 여자.
결국 아쉬운 손놀림으로 장바구니에서
하나씩 삭제하는 여자.

모이처럼 실어 나른 책을 읽다가 줄 쳐둔 문장과 메모를
모조리 파일로 만들겠다는 목표를 세우지만
무섭게 쌓여 가는 책의 높이에 '케세라세라 Que será será'.
그러나 종이 냄새를 맡으며 줄 긋고 메모하는
뜨거운 책 사랑이 멈추진 않는다.

어쩌다 혼자

Her style

화려한 치장보다는 단순함과 자연스러움,
편안함, 유행에 휘둘리지 않는 당당함.
여성의 아름다움은 영혼에 반영된다고 했던가?
그것이 바로 '헵번 스타일'.

패션의 바다에서 표류하지 말고
마이 페이스 My pace를 유지하자.

자연스러운
나만의 스타일을 가져 보자.
우린 모두 꽃이니까!

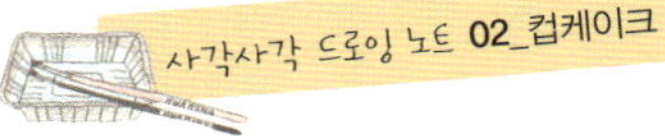

펜과 수채 물감으로 그리기

준비물

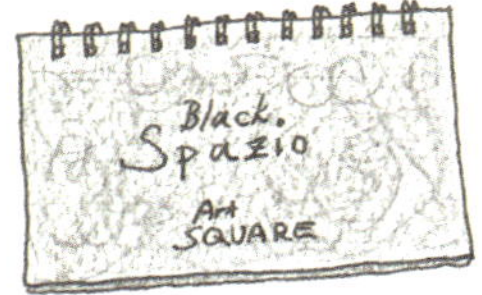

아트 스퀘어 검정 스케치북
(148 x 210mm)

젤리 펜 08(사쿠라) 흰색

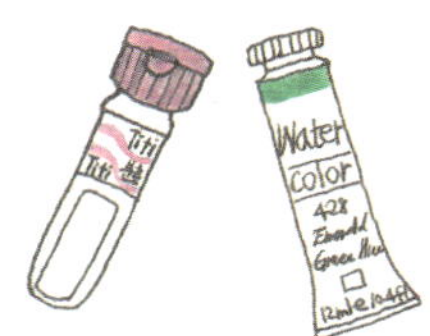

그림물감(티티): 노란색, 갈색,
분홍색, 연두색, 파란색, 보라색

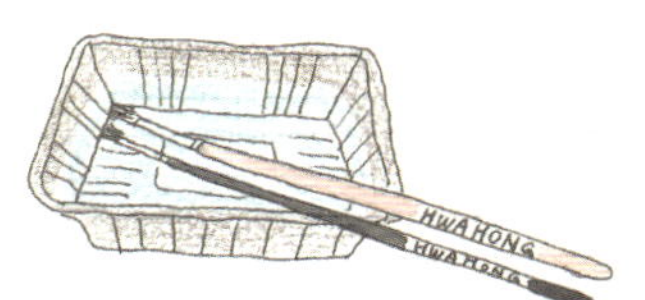

붓(화홍): 4호, 6호
물통

팔레트

헝겊

그리고 당연히

초콜릿!

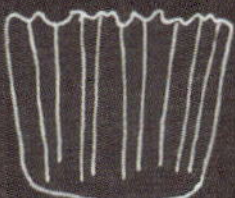

1. 펜으로 컵케이크의 포장을 그린다.

2. 케이크 부분을 그린다.

3. 초를 세운다.

4. 수채 물감으로 케이크에 초콜릿 알
갱이를 그리고 초에 색을 입힌다.

5. 노란색 불꽃을 그린다.

6. 초 주변에 Happy Birthday
to me라고 써주면 완성!

#4

낭만의 조각들

Night
and
morning

밤: 비, 하늘

깨끗하고 사각거리는 침대에 그녀는 털썩 누웠다.
한껏 기지개를 켜본다. 오늘 뭘 했지?
잠은 오지 않고 빡빡한 하루 일과만 떠오른다.
낯선 곳에서는 쉬이 잠들지 못하는 그녀.

창문을 열고 바라본
베른의 비 내리는 밤 풍경

톡, 톡, 톡
창문을 가볍게 두드리는 소리에 눈이 말똥말똥해진다.
살짝 열어 둔 창문 틈으로 땅에서 비릿한 냄새가
코끝에 맺히는 걸 보니 아, 비가 오나 보다.

베른Bern의 비 내리는 밤하늘은 어떤 색깔일까?
불현듯 궁금해져 그녀는 얼른 창문을 열어 본다.
역시나 가랑비가 촘촘히 내리고 있다.
올려다본 밤하늘은 군더더기 없이 선명하다.
빗소리에 그녀의 귀가 반응하고 몸의 세포가 열리는 듯하다.

"오늘 밤 당신 두 눈 속에서 사랑의 빛이 반짝이네요.
하지만 내일도 나를 사랑해 줄 건가요?
Will you still love me tomorrow?"

달콤하게 속삭일 누군가는 곁에 없지만 잉거 마리의 약간은 나른하면서도
기분 좋아지는 노래를 흥얼거린다.
끌어안고 있던 문제 따위는 내려 놓게 만드는,
이 밤과 잘 어울리는 노래.

아침: 초록

깊은 새벽에야 겨우 잠이 든 그녀는
커튼 사이로 스며드는
아침 햇살에 살며시 눈을 뜬다.

베른의 가정집 정경

창문 사이로 들어오는 신선한 풀내음.
창문을 활짝 열고 내다보니
정원의 나무들은 촉촉하게 물기를 머금어
더욱 짙은 초록으로 빛나고 있다.
어젯밤의 토도독 빗소리가 귓가에,
마음에 오래도록 잔잔히 남을 것 같은 아침.

베른의 국회의사당

그렇게
너는 떠났다

카페의 구석에 앉아 압생트*absinthe를 기울인다.
호주머니에 손을 찔러 넣고 먼 곳을 바라보는 남자 폴 베를렌**.
'바람 구두'를 신고 떠나간 그의 연인 아르튀르 랭보를 추억한다.

그는 압생트를 홀짝이며
회복하기에는 이미 늦어 버린 랭보와의 관계를 그려 본다.
눈을 지그시 감고 떠나간 연인의 환영을 좇는다.
지나간 시간을 되돌릴 자 그 누가 있을까?

두 천재의 사랑은 운명적인 이끌림,
관습에 얽매이지 않은 파격적인 만남,
변덕과 광기가 번득이는 치명적 사랑이었다.

서로를 이끌어 주는 듯하다가
살을 에는 듯 상처를 입히고 헤어지고 또다시 만나고 헤어지고……
그러나 죽음도 갈라놓지 못한 그런 사랑이 아니었을까.

—모티프: 로제 드 라 프레네의 그림 〈폴 베를렌의 초상〉

* 압생트: 독주毒酒. 40~75.5도라고 함. 빈센트 반 고흐가 좋아했던 술로도 유명하다.

* 폴 베를렌(Paul Verlaine, 1844~1896): 프랑스의 시인

청춘 여행

혼자 훌쩍 떠난 여행.

모든 게 완벽하다.
물안개 피어오르는 그림 같은 펜션,
나무들이 뿜어내는 싱그러운 초록,
무던히 더운 여름 낮 시원스레 흐르는 강.

푹신한 크림색 소파에 짐을 내린다.
시원스럽게 물살을 가르며
수상스키를 즐기는 파릇파릇한 젊음들이 보인다.
지나가는 자리마다 하얀 물보라를 일으킨다.
엄청난 속도와 힘이다.
'저러다 다치지나 않을까?'
그건 노처녀의 쓸데없는 염려?!
스키를 타고 있는 청춘들은 하나같이 좋아 죽겠다고 비명들인데.
휴~ 한숨이 절로 나오는 건 또 뭐지?
젊음이 간절히 그리울 때는 파란 하늘을 눈동자에 담아 본다.
신선한 공기를 가슴 가득 들이켜 본다.

그래, 지금도 충분히 청춘이지.
원하는 대로 자유를 누릴 수 있는 홀가분한 청춘.

우산

갑자기 쏟아지는 소나기.
우산을 두고 나온 그녀.
신호등 앞에 서 있던 한 남자.
다가와 살며시 우산을 씌워 준다.
두근두근 가볍게 뛰는 심장,
비를 피한 우산 속은 작은 천국.

그쳐 버린 비, 버스 정류장 앞.
수줍게 인사하고 그냥 떠나는 그 남자와 그 여자.

그 짧았던 순간,
우산 속은 작은 천국.

가을날,
단풍 구경

떠나라고 재촉하는 파아란 하늘.
두둥실 뭉게구름. 이마를 간질이는 시원한 바람.
김밥 싸서 엄마랑 나들이 가던 어린 시절이 그립다.

단풍 나들이가 한창일수록 싱글은 더욱 방구석만 찾는다.
혼자 영화 보기, 혼자 밥 먹기는 아무렇지 않다 해도
혼자 단풍 구경은 청승맞지 않을까?

그래도 가을을 만나러 떠난다.
산타기가 싫거나 먼 거리 이동이 불편하다면
혼자라도 가을의 정취를 만끽할 수 있는 가까운 곳으로 떠나자.

자연의 속살을 만나니
웅크리고 있던 마음도 활짝 기지개를 켠다.

영원히

만약, 죽은 후에 가는 세상이 있다면,
그것은 누군가의 마음속인지도 모르겠다.
너는 내 마음속에 영원히 살아 있을 테니까…….

—일본 드라마 〈뷰티플 라이프〉에서

12월은
허전함이
몰려오는 달

거리엔 일찌감치 캐럴이 울려 퍼지고
사람들은 송년회와 파티로 분주하다.

연인들은 시린 옆구리를 서로 감싸 안지만
싱글들은 옆구리가 더욱 시리고 허전한 마지막 달.

그래, 외로운 크리스마스를 보내기보다는
고마운 사람들에게 선물을 전하자.

근사한 작품은 아니지만
고마움을 담아 정성껏 선물을 만들어 본다.

책 사랑

그녀가 이사를 할 때마다 이삿짐 아저씨들은 미간을 찌푸리기 일쑤다.
"짐이 거의 없네요."
단출한 이삿짐에 여유 있는 태도를 보이다가도
쌓아 둔 책더미를 보고 나면 질려 버린 듯한 표정으로
"잠깐만요, 이거 다 옮기실 거 맞나요?" 하면 그녀는 괜스레 미안해지곤 한다.

그 책들을 다 합한 무게는 얼마쯤 될까.
몇 톤은 되고도 남을 그 무게만큼의 지식을 받아들였을까.
누군가의 삶을 오롯이 이해했을까.
세상을 그만큼 아는 걸까. 아니, 그게 과연 가능할까.

그래도 그녀는 또다시 책방을 기웃거리며 책을 사고 읽기를 반복할 것이다.
책 읽는 순간의 설레는 가슴이 그리워서.
이 길고도 긴 책 사랑의 끝에 설령 인생의 해답이 없다 하더라도.

로망으로 가는 티켓

오늘은 일상의 프레임에서 벗어나 본다.
삶의 공간을 바꾸어 본다.
파격 할인 티켓을 들고 도심 한복판
깨끗하고 넓은 수영장이 있는 근사한 호텔로 떠난다.

일광욕을 한듯 하얗고 뽀송뽀송, 사각사각 소리내는 이불은
여자들이 호텔을 선호하는 이유 중의 하나.
고급 뷔페, 널찍한 헬스클럽, 오아시스 같은 수영장,
영감을 주는 라운지에서 독서하면서 혼자 느긋하게 힐링한다.

호텔이 일상이 되었으면 하는 바람은 아니지만
내면에 잠들어 있던 로망을 이렇게 슬쩍 건드려 일상을 탈출해 본다.

여자의 로망은 무죄!
현실이 쓸쓸할수록 로망의 버킷리스트를
꾸준히 채우고 또 하나씩 이루어 나가자.

손잡고 가고픈
사랑

봄의 두근거림보다는 가을의 차분함.
노부부의 주름은 함께 보낸 긴 세월.
눈이 보이지 않는 레카미에 부인과 중풍에 걸린 샤토브리앙*의
허공에서 마주치는 손.

언젠가 한 사람이 먼저 세상을 떠날 수밖에 없음을,
떠나보내야 함을 받아들이는 것.

그것은 노년의 사랑.
남프랑스에서 만난 백발이 성성한 노부부.
손을 꼭 붙잡고 주름진 얼굴로 서로를 바라보는 부부의 눈빛이 애틋하다.

연애도, 결혼도 지금은 넘사벽.
언젠가 저렇게 낭만적인 여생을 보낼 날이 오긴 할까.

* 샤토브리앙
(François-Auguste-René de
Chateaubriand: 1768~1848):
프랑스 낭만주의 작가.

어쩌다 혼자

낭프랑스의 쉼터에서 만난 노부부

스위트 홈

정신없이 출근하느라 그대로 박차고 나온 이불,
싱크대에 쌓아 둔 설거지, 빨래 바구니에 넘쳐 있는 옷가지들,
누렇게 시들어 가는 화초.
혼자라면 시간이 많을 줄 알았다.
저녁엔 운치 있게 커피 한잔할 줄 알았다.
혼자라면 우아하게 보낼 줄 알았다.
마이 홈을 꿈꾸며 장만한 예쁜 접시가 빛날 줄 알았다.

아브라카다브라— 주문을 외고 싶지만
마법의 지팡이도, 램프 속 지니도 없으니
그냥 청소를 할 수밖에.

자, 무거운 마음도, 귀차니즘도 버리고 짬을 내어 대청소를 하자!
비지스의 디스코 'Staying alive'를 틀어 놓고 창문을 활짝 연다.
싱글녀의 집이 싱글남의 집보다 지저분하다니?
마이 홈은 어느새 우리가 꿈꾸던 스위트 홈으로 변신!

연애란 걸
해보게 될까

직장에서는 수많은 사람과 만나고 헤어지면서
사적으로는 새로운 만남도, 헤어짐도 없었다는 건
즉, 요즘 꼬마들도 한다는 연애 한 번 해본 적이 없다는 뜻.

지금까지 한 번도 해보지 않은 것들 중에서
꼭 한 번 해보고 싶은 한 가지를 꼽는다면
어쩌면, 아마도, 틀림없이 연애가 아닐까?

연애를 하게 된다면 그 사람은 누굴까?
어떤 사람을 만나게 될까?

연애란 걸 해보는 날이 오긴 할까?

커플

카페 유리창 밖 사람들의 종종걸음은
월요일 출근 시간이 다가오고 있음을 알려 주는 시계.
눈은 사방으로 흩어져 내리고
여자들의 긴 머리카락은 사정없이 나부낀다.
눈과 매서운 찬바람이 거리를 뒤덮는다.

창밖의 젊은 커플은 뭐가 그렇게 좋은지
우산도 없이 눈을 맞으며 킥킥, 깔깔, 그러더니 함박웃음이다.
여자는 남자의 팔을 잡고 있고
남자는 눈 내리는 거리에서 춤추는 시늉을 한다.

저 커플에게는 다가올 미래에 대한 두려움 따윈 없다.
지금이 벚꽃 피는 봄이다.
눈빛은 이글이글, 심장은 두근두근, 두 볼은 다홍빛.
저렇게도 좋을까.
첫눈이 내리면 약속이나 한 듯 뛰쳐나오는 커플들 때문에
심란해지고 허전해지는 여자.

주위를 둘러 보니 오늘 따라 카페에는 커플들뿐이다.
아직 달달한 썸 한 번 타본 적 없는 여자.
마음을 훔친 잘난 남자도, 보호해 주고 싸워 줄
보디가드 같은 남자도 만나지 못한 여자.

운명처럼 짠 하고 나타나기를
세월이 흘러도 그 한 사람만을 간절히 기다린다.

여자들을 위한 시

......

당신은 지금 꽃처럼 아름다우나
순식간에 시들어 덧없이 지고 말 것임을 알았으면 합니다.
시간이 갑니다. 자꾸 갑니다.
아, 가는 것은 세월이 아니라 우리입니다.
머지않아 우리도 죽음을 맞이하겠지요.
우리가 나누는 사랑 이야기도
죽은 뒤에 사라지리니.
당신이 아름다울 때 나를 사랑해 주세요.

―16세기 프랑스 서정 시인 롱사르의 〈마리에게 보내는 소네트〉에서

어쩌다 혼자

브람스 같은 남자

겉으로 드러내지 않고 멀찌감치 지켜보는 듯,
그러나 그림자처럼 곁에서
오랫동안 스승 슈만의 부인 클라라를 지켜 준 브람스.

병마와 싸우던 슈만이 죽자 힘들게 살아가는 클라라를 돕고
그녀가 세상을 떠나자 그제야 달려가 애도를 표했다.
평생 독신으로 살았던 마음 넉넉하고 점잖은 남자.

클라라 때문이었을까?
시름시름 병을 앓다가 이듬해 그녀의 뒤를 따랐다.
가슴에 진득한 사랑을 품고 살았다는,
슬픈 그림 같은 사랑을 한 브람스.

혼자인 우리를 듬직하게 지켜 줄 것 같은 그런 남자.
언젠가는 우리에게도 그런 남자가 나타나기를…….

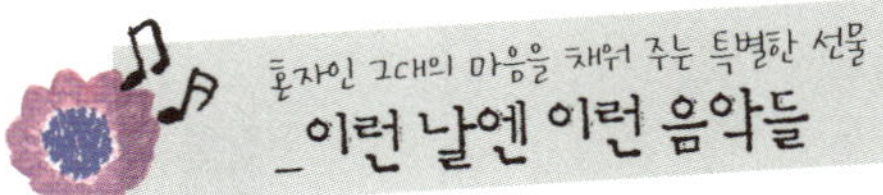

나 잘 살고 있는 걸까,
막연함에 삶이 흔들리는 날엔:

빌리 조엘: Just the way you are

제퍼슨 스타십: Count on me

닐 영: Heart of gold

듀크 조단: No problem

밥 딜런: Like a Rolling Stone

파트릭 브뤼엘: Place des grands hommes

음유 시인 밥 딜런

감성이 뭉툭해진 날엔:

크리스토퍼 크로스 : The best that you can do(영화 〈Arthur〉)

파트릭 브뤼엘 : Je te le dis quand même

프랑수아즈 아르디&이기 팝 : I'll be seeing you

막심 르 포레스티에 : Comme un arbre dans la ville

프란시스 레이&릴리안 데이비스 : Ballade pour ma mémoire

이브 뒤테이 : Hommage au passant d'un soir

엔조 엔조 : Les yeux ouverts

아바 : Thank you for the music

카르딜로 : 무정한 마음(주세페 디 스테파노 버전)

주세페 디 스테파노

마음의 먼지를 탁탁 털어 내고 싶은 날엔:

소니 롤린스 : St. Thomas

블라디미르 코스마 : Thème d'Edouard(영화 〈You call it love〉)

파트릭 에르난데즈 : Born to be alive

비지스 : Saturday night fever

배리 매닐로 : Copacabana

퀸 : Don't stop me now

어스 윈드 앤드 파이어 : Boogie wonderland, September

케니 로긴스 : Footloose

휘트니 휴스턴 : I wanna dance with somebody

로시니 : La danza(파바로티 버전)

그룹 퀸의 프레디 머큐리

잉거 마리 : Will you still love me tomorrow?

리사 오노 : I wish you love

폴린 에스테르 : Une fenêtre ouverte

샘 쿡 : Wonderful world

맨하탄 트랜스퍼 : Chanson d'amour

줄리 런던 : Fly me to the moon

존 레논 : (Just Like) Starting over

데이브 그루신 : Bossa baroque

제이슨 므라즈 : Lucky

조용필 : 이젠 그랬으면 좋겠네

신승훈 : 오늘같이 이런 창밖이 좋아

테너 루치아노 파바로티

핑크 마티니 : Je ne veux pas travailler

클로딘 롱제 : Happy talk

J-Pop: 구와타 밴드, 안전지대, 튜브, B'z, SMAP, 오다 카즈마사,
쿠보타 토시노부……

줄리 런던

가벼운 일본 노래들은 눈과 어깨에 몰린 긴장감을 스르르 풀어 준다.
하루의 끝자락에는 이런 음악을 들으며 균형을 잡는다.
대신 주말에는 말러, 브루크너, 베토벤의 진중한 곡이나
드뷔시, 베를리오즈의 색채감 있는 곡이 어떨까.

베토벤

헤르베르트 폰 카라얀

어디론가 떠나 버리고 싶은 날엔:

줄리앙 클레르: Partir

마조리 노엘: Dans le même wagon

이자벨 아자니: Ohio

퍼시 페이스 악단: Theme from 〈A Summer place〉

오드리 헵번: Moon River

코나: 우리의 밤은 당신의 낮보다 아름답다

오드리 헵번

_그 여자의 로망스

언제부터였을까.

날마다 뺑 오 쇼콜라를 사러 오는 당신을 지켜보는 일, 그게 나의 삶의 기쁨이 되었어. 당신이 가게 문을 열고 들어올 때면 내 심장의 박동이 빨라지곤 해. 빵을 정성스럽게 만들어서 먹음직스럽게 진열하고 예쁘게 포장해 주고, 빵이 정말 맛있다고 칭찬 받으면 보람을 느끼고……. '작지만 확실한 행복'이었어. 다른 행복이 있다는 생각은 해본 적도 없었지.

"어서 오세요~"

그런데 온 세상이 눈에 하얗게 덮인 어느 날 작은 내 가게에 당신이 들어왔어. 내 조그만 마음의 문을 활짝 열어 버린 거야. 그러고는 마치 당연하다는 듯 날마다 가게의 자랑인 뺑 오 쇼콜라를 골랐지. 내가 당신을 물끄러미 바라볼 때도 당신은 나를 쳐다보지 않았어. 그저 빵을 고르고 계산을 하면 그뿐. 당신이 괜스레 딴청을 피우는 줄 알았어. 하지만 그건 나의 완벽한 착각이었지.

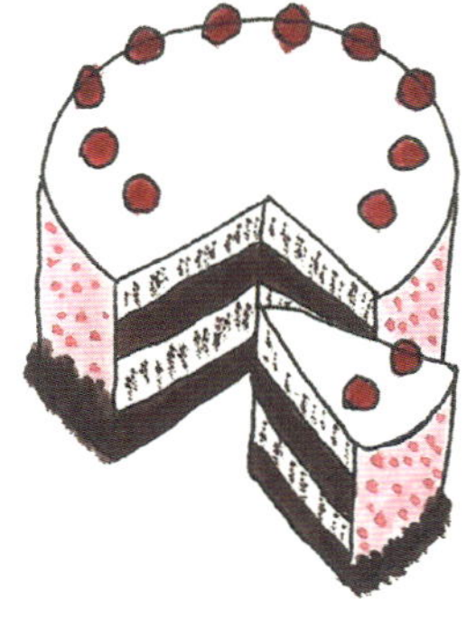

눈치채지 못한 사이에 봄이 성큼 다가왔어. 내가 가장 좋아하는 파스텔의 은은한 연두빛 원피스를 입고 당신 앞에 섰지. 오늘은 당신이 나를 봐줄까, 조마조마했어. 내심 당신이 내게 아는 체해 주기를 바라고 있었어.

쿵쿵, 쿵쿵쿵-

내 심장은 요동쳤고 몸은 파르르 떨리고 있었어. '당신이 오늘은 그윽한 눈빛을 보내 올까, 혹시 다정한 미소를 지어 줄까, 설마 속수무책으로 뛰는 내 심장 소리가 당신에게까지 들리는 건 아니겠지.' 하면서.

"안녕하세요. 또 오셨네요."
"안녕하세요."
"오늘도 뺑 오 쇼콜라를 고르셨네요."
"네, 포장해 주세요."

하지만 당신은 오늘도 내게 눈길 한 번 주지 않았어. 아니, 나를 보기는 했지만 당신의 눈은 내게 아무런 말도 걸지 않았지. 다른 남자 손님들은 나만 바라보는데도. 어떤 남자는 나보고 크라상만큼 매력적이라며 만나자는 쪽지까지 남기고 갔어. 물론 나는 정중하게 거절했지, 당신 때문에. 내 마음엔 늘 당신이 있었으니까. 차라리 그 쪽지를 계산대에 펼쳐 놓아 둘걸. 그랬다면 당신이 조금쯤 질투를 했을지도 모르는데.

도대체 당신은 내게 왜 이렇게 냉담한 걸까. 당신이 너무나 멀고 아득해졌어. 닿고 싶지만 결코 닿을 수 없는 사람. '당신 주위를 서성이던 내 마음을 이제 접을 때가 된 걸까?' 하고 입술을 깨물던 순간 이런 이야기가 들렸어.

"어이, 잘 지내?"

"누구……?"

"나야, 나!"

"아! 미안, 잘 보이지가 않아서."

"거참, 안경 좀 끼고 다니라니까. 아님 렌즈라도 끼든지."

"일할 때만 쓰잖아. 왠지 귀찮아서 말이지."

그랬구나! 당신, 지독한 근시였어. 그럼 내 얼굴도 잘 보이지 않았단 말이지. 얼마나 답답했을까. 왜 안경을 쓰지 않지? 이유는 몰라. 하지만 그건 중요한 게 아냐.

"저, 이거……"

"예? 이게 뭐죠?"

"안경이에요. 눈에 맞을지 모르겠어요."

"아, 안경……"

내게 다가오지 않는 당신을 원망하며 바보처럼 당신의 뒷모습만 바라보기는 싫었어. 당신을 신화 속의 존재로 남겨 두고 싶진 않았거든. 내가 건네준 안경을 쓴 당신. 그날 이후 내 가게를 더 자주 드나들었지.

갓 구워 낸 따뜻하고 윤기 흐르는 빵 오 쇼콜라와 노릇노릇한 갈레트, 바삭바삭한 바게트, 눈처럼 하얗고 부드러운 생크림 케이크……. 덕분에 당신과 나의 가게는 제법 잘되고 있어. 그리고 별것 아닌 듯 보이는 사소한 것이 여전히 나를 행복하게 해. 외출한 당신이 가게 문을 열고 미소를 띤 얼굴로 들어올 때마다 나는 그날을 생각해. 우리의 눈길이 처음 마주친 그날을.

-모티프: 조 다상의 노래 '쁘띠 빵 오 쇼콜라Le petit pain au chocolat'

#5

혼자
살다 보면

지구를
떠나고 싶을 때

사는 게 다 그렇지, 하다가도
떠나고 싶은 마음은 느닷없이 고개를 내민다.
마음은 이미 산 넘고 물 건너 지구를 탈출한다.
우주 어딘가 황금처럼 반짝이는 행복이 기다리고 있을 거야.
그래, 그런 마음이 들게 마련이지.

산다는 게 그리 호락호락하다면 얼마나 좋을까.
그러나 현실은 녹록지 않다.
소망은 모래성처럼 바스러진다.
마음엔 송송 구멍이 뚫린다.

그래서 때로는 견디기 버겁다, 무한 반복되는 일상이.
이따금씩 공허할 때도 있다, 인생의 모든 것이.
그러다 문득 지겨워지기도 한다, 출구 없는 인생이.

인생의 선배들이 남긴 온갖 좋은 이야기들을 뒤적거리고,
책장에 차고 넘치는 책들이 알려 주는 인생의 팁이
기억 용량의 한계를 뛰어넘었지만
위로가 되는 단 한마디도 찾아내지 못했다.

그럴 때는 바람 따라 떠난다.
무작정, 어딘가로.
때로는 바람에 일렁이며 물처럼 흘러간다.

기다림

무기력의 '쓰나미'가 우리를 삼켜 버릴 때
우리의 앞날에 무엇이 있는지조차 알 수 없지만
그래서 도리어 더 살아 볼 만한 게 아닐까.
오히려 좋은 일이 기다려지는 게 아닐까.
턱없이 긍정적으로 보이는 이 믿음을, 고맙게도 셰익스피어가 거들어 준다.

오, 만약 운명의 책을 미리 보게 된다면,
아무리 행복한 젊은이도 자신의 인생행로를 읽고,
지나온 위기와 닥쳐올 불행을 생각하며,
운명의 책을 덮고, 그 자리에서 죽게 될 것이다.

—셰익스피어 『헨리 4세』에서

어쩌다 혼자

거리의 악사

낯선 도시 길모퉁이의
기타, 바이올린, 키보드.
손끝으로, 목소리로
선율을 빚어 내는 거리의 악사.

긴 여운, 박수의 물결. 너도나도 동전 한 닢씩을 던진다.
거리의 악사는 음악이 좋아서, 삶이 좋아서 오늘도 연주를 한다.
단 한 명이라도 관객이 있다면,
그들은 이 순간이 마지막인 것처럼 열광적으로 연주한다.

스위스 취리히의 어느 모퉁이

거리의 악사

위험한 식탁

죽죽 늘어지는 달콤한 카라멜 초코바, 짭조름하면서도 기름진 2층짜리 햄버거,
기름 듬뿍 프렌치프라이, 그것들과 제법 잘 어울리는 탄산음료들,
이가 시릴 정도로 차가운 아이스크림……

바빠서, 화가 나서, 피곤해서, 외로워서, 그 맛에 길들여져서
혹은 다른 수많은 이유로 손대는 혼밥 시대의 메뉴들.

카페에 가서도 뽀루지의 주범인 달디단 디저트를 손에서 놓지 못하고
주말에는 기름기 줄줄 흘러내리는 치킨에, 유혹이 넘치는 피자에,
화학 냄새 풀풀 풍기는 라면……

그러나 조심하자.
어느 날 입안이 얼얼할 정도로 매운 냉면 한 그릇을 뚝딱하는 순간,
장은 일촉즉발! 고통스러운 비워냄을 겪어야 할 테니.
혼자여서, 귀찮아서 매번 정신없이 맛나게 흡입했던 음식들은
더욱 멀리해야 한다!
우리의 소울 푸드는 뭐니 뭐니 해도 집밥이다.

Begin
again

'저 타는 불꽃을 보라
Di Quella Pira.'

태양처럼 찬란하게 빛나는 음색.
거침없이 내지르는 박력의 음성.
뉴질랜드의 와이오타푸 Wai-O-Tapu
간헐천의 용솟음처럼
폭발적인 가창력의 소유자
'황금의 트럼펫' 마리오 델 모나코.

치명적인 교통사고로 응급수술에 들어가기 직전
하이 C를 질러 봤다는 델 모나코.
무한한 연습과 노력으로 포기를 몰랐던 집념의 성악가.

전부 멈추어 버리고 싶을 때
그의 노래를 들어 보자.
아침을 맞이하듯 일상을 리셋하자.

마이 홈

독립의 꿈을 불태웠던 지난 몇 년을 뒤로하고
드디어 다가온 독립의 순간.

무미건조한 일상을 매일 가로지르며
마이 홈의 단꿈에 빠져 악착같이 모은 돈을 들고
부동산 중개소의 문을 두드리는 여자.

자기만의 네트워크를 자랑하던 중개인 아주머니는
단 몇 초 만에 그녀의 통장 금액에 맞춤한 집을 결정한다.

복층에 계단 있는 크지도 작지도 않은 아담하고 예쁜 집,
골목길이 아닌 언제나 가로수가 안전하게 지켜 줄 큰길가의 집,
최소한의 요구조차 깡그리 무시되는 순간, 상상했던 마이 홈은 어디로 갔을까?

부동산 아주머니의 현실적인 대처에,
근사한 독립이라는 신기루는 신파극이 되어 버린다.

문득 달팽이가 부러워진다.
집을 이고 다니며 언제든지 제 몸뚱이 하나만은
너끈히 건사할 수 있는 달팽이가.

1미터

엄마가 갑자기 아프다면?
혼자인 나, 혼자인 우리에게 친구 같은 엄마가 갑자기 아프다면?
영원히 지켜 줄 거라고만 믿었던 엄마도
언젠가는 우리 곁을 떠난다는 사실을 한 번쯤 의식하며 살아야 한다.

어느 날 갑자기 1미터라는, 엄마와 지켜야 할 물리적 거리가 생길 수도 있다.
이제부터 더는 의지하지 말고 엄마를 위해 우리가 할 수 있는 것부터 생각해 보자.

1미터.
낯선 그 거리를 지키기 위해 우리가 할 수 있는 것들:

장 보고 유기농으로 식사 준비하기.
엄마의 말벗이 되어 주기.
엄마랑 산책하기.
엄마가 좋아하는 음악, 엄마를 위한 음악 틀어 주기.
그러니까 팻 분의 'Love letters in the sand',
'Cherry pink and apple blossom white'라든가
경음악들.
예를 들면 애커 빌크의 'Stranger on the shore',
빌리 본 오케스트라의 'Wheels',
니니 로소의 'Wonderland by night'…….

어쩌다 혼자

엄마가 괜찮다고 할 때
더 가까이, 더 자주
엄마 곁을 지키고
엄마의 친구가 되어 주자.

기회

테너 루치아노 파바로티는
주세페 디 스테파노의 대타였고
테너 플라시도 도밍고는 프랑코 코렐리의 대타였으며
지휘자 베르나르드 하이팅크는
카를로 마리아 줄리니의 대타였다.

기회의 신은 예기치 않은 모습으로
은밀하게 다가온다.
그를 마주친 순간, 꼬옥 끌어안자.

반 고흐 〈이삭 줍는 여인〉 모사

불만스러운
현재

당신이 여기 머물면 여기가 현재가 돼요.
그럼 또 다른 시대를 동경하겠죠.
현재란 그런 거예요. 늘 불만스럽죠.
삶이 원래 그런 거니까.

−영화 〈미드나잇 인 파리〉에서

바람과 파도와
하늘의 시간

제주도는 야누스.
내리쬐던 태양은 모습을 감추고
삽시간에 바람과 파도의 춤이 해변을 뒤덮는다.
스트라빈스키의 〈불새〉 '페트루슈카' 같은 아찔함과
물 한가운데서 격렬하게 용솟음치며
바닷가의 절벽을 집어삼키는 광풍과 성난 파도.

그러다 어느새 격정적으로 휘몰아치던 파도는
장중하게 가라앉고
다시 새파란 하늘과 뜨거운 태양,
순하고 청신한 자태를 보여 준다.

혼자인 우리 안에도 야누스가 산다.
혼자라 외로움에 몸부림치는 듯하다가
혼자라 한없이 평화로운 듯한
두 얼굴.

안녕이라는 말

이국땅을 여행하다 잘못 들어선 길, 걷다가 지친 발걸음.
플라타너스, 세쿼이아, 라임, 사이프러스가 즐비한 공원 벤치에 털썩 주저앉는다.

벤치 앞을 누군가 지나간다. 입안에서 맴도는 안녕이란 말.
망설이지 말자. 약간의 두려움을 안고 능동을 택한다.
"봉주르~"

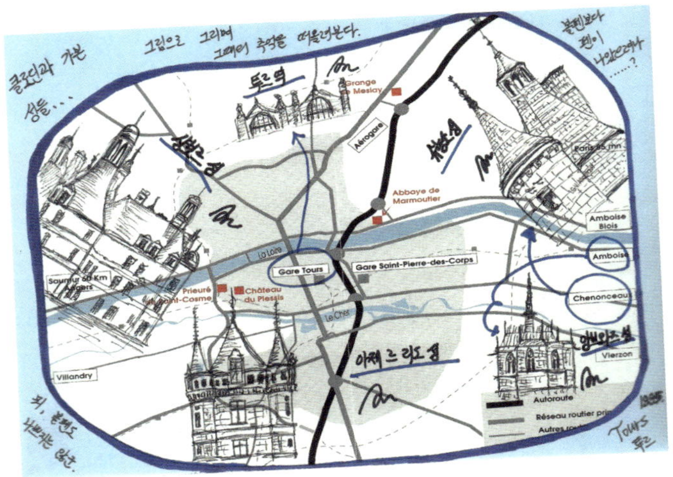

프랑스 친구 고故 클로딘과 함께 둘러본 투르의 성들.
투르 지도 위에 볼펜으로 그려 본 고성古城 그림:
샹보르 성, 아제 르 리도 성, 슈농소 성, 망브와즈 성, 투르 역까지.

어쩌다 혼자

입장권을 붙이고 그 안에 그려 본 성

이 한마디가 지나가는 누군가에게 마법처럼 닿는다.
지도를 펼쳐 길 안내를 해준다.
단어 하나로 마음의 단면들이 겹쳐진다.

혼자
영화 보기

"몇 분이세요?"라고 묻는 직원의 질문이 부담스럽다면
사전 예매 혹은 무인 티켓발매기를 이용한다.
그리고 팝콘을 사 들고 상영관 주변을 어슬렁거린다.
아직 시간이 많이 남았다면 쇼핑몰을 찾아 아이쇼핑이라도 한다.

커플들의 방해를 받고 싶지 않아 선택한 사이드 좌석.
영화가 끝나고 불이 켜져도 시선은 여전히 스크린에 머문다.
어느새 영화 속 주인공이 되어 버린 그녀,
한참 동안 현실로 돌아오지 못하는 그녀.
덕분에 따분한 일상에서 일탈도 해보고 긴장도 풀어 본다.

어쩌다 혼자

그래도 혼자는 정말 싫다면 영화동호회에 참석해서
시네필끼리 좋은 시간을 보내자.

다이어트와
건강 사이

44 사이즈, 주먹만 한 얼굴, 늘씬한 허벅지.
거창한 목표를 위해 여자는 끼니를 거른다.
허기진 배를 군것질로 채운다.
어느 순간 결심은 무너져 버린다.
그리고 또다시 시작.
그러다 1년 내내 다이어트를 한다.

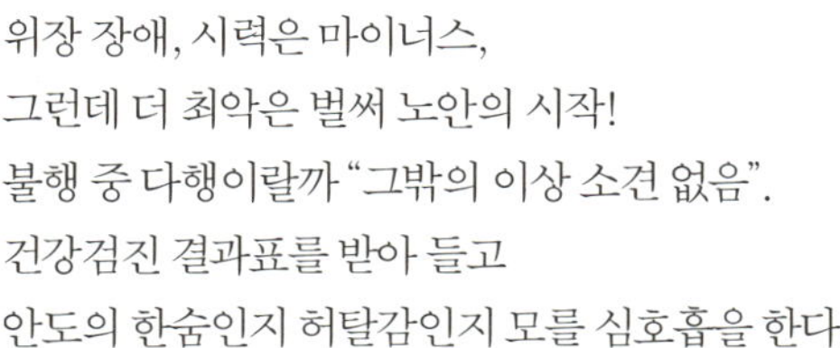

위장 장애, 시력은 마이너스,
그런데 더 최악은 벌써 노안의 시작!
불행 중 다행이랄까 "그밖의 이상 소견 없음".
건강검진 결과표를 받아 들고
안도의 한숨인지 허탈감인지 모를 심호흡을 한다.

어느 날 병원에 갈 수 없을 정도로 아프게 된다면?
그래, 다이어트보다 소중한 건 우리의 건강.
일찍 자고 일찍 일어나기.
아침밥 꼭 챙겨 먹기.
폭식, 폭음은 금물, 소식하기.
꾸준히 운동하기.

혼자서도 잘 살아야 한다.
내 몸을 더더욱 돌봐야 한다.

나이는 숫자에 불과하다고 했던가?
여자들이여, 나이는 잊고 살자.
현재에 집중하자. 마음의 군살을 빼자.
용수철처럼 튀어 오르는 호기심을 간직하자.
건강하고 젊게 사는 비결은 생각보다 단순하다.

인생도
여행처럼

셀 수 없이 다양한 패키지여행 상품이 있더라도 무작정 끌려 다니지 말자.
나를 이끄는 곳, 내 마음을 설레게 하는 곳을 향해 발걸음을 옮기자.
누군가는 명승지 사진을 죽 늘어놓고 자랑을 일삼더라도 현혹되지 말자.
발을 찍었다고 해서 그곳을 안다고 할 수는 없지 않을까.

인생도 여행 같기를.
내 마음이 두근두근하는 것을 찾아다니는
그런 여행이 되기를.

사라질
그날까지

간밤에 눈이 소복하게 쌓였다.
CD플레이어에서 흘러나오는 듀크 조단의 'Glad I met pet'.

이렇게 눈이 시리도록 아름다운 날
불쑥 죽음을 떠올리는 아이러니.
언젠가 이곳에서의 삶은 끝을 맺는다.
누구나 다 아는 명백한 사실이다.

먼지처럼 사라질 그날이 오면 이 지구상의 모든 음악,
그중에서도 그토록 사랑하는 곡을 더 이상 들을 수 없게 된다.
그런 생각이 집요하게 괴롭혀 가슴 아픈 날,
이 세상에 태어난 것이 감사한 날.
우리에게 남은 시간은 얼마나 될까.

명징한 정신과 팔딱거리는 심장을 죽을 때까지 지녀 보자.
더 많이, 더 깊숙이, 더 치열하게 파헤쳐 가보자.

듀크 조단의 〈Flight to Denmark〉 앨범 자켓을
그림으로 그려 봄

작품 1: 낙엽 책갈피

가을이 되면 낙엽이 이리저리 나뒹군다.
그럴 때 망설이지 말고 낙엽을 주워 담자.
젖은 낙엽을 조금 말려 두었다가
좋아하는 노래의 제목이나 가사 혹은
책이나 영화에서 만난 멋진 문장을 적다 보면
소소한 힐링이 된다. 책갈피로 쓰기에도 안성맞춤~.

*책갈피 팁: 시향지를 모아 두거나
잡지의 절경을 오려 모아 두어도 책갈피로
쓰기에 좋다.

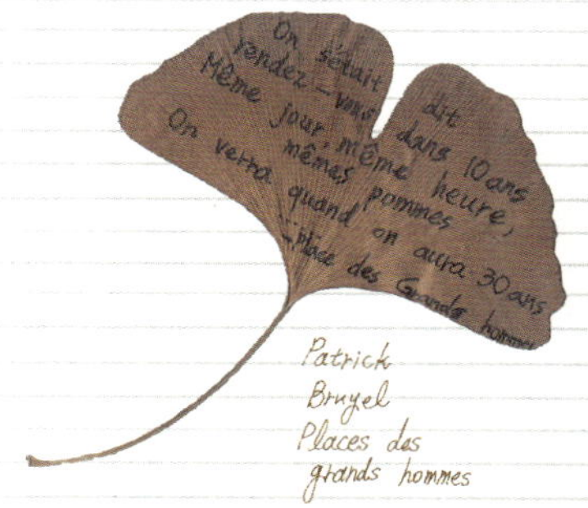

대학 시절, 샹송 가수 파트릭 브뤼엘의
노래 가사를 적어 두었다.

작품 2: 꽃다발

그림이나 패턴이 인쇄되어 있는
포장지나 신문, 여행 안내서,
색깔이 있는 영수증 같은 것을 오려 붙이면
나름대로 근사한 작품이 된다.

장미 무늬 포장지와
여행 안내서를 콜라주한 것에
펜으로 주름을 그려 만들었다.

작품 3: 배경은 직접 그리고,
주인공만 사진으로 붙여도 색다른 분위기를 연출할 수 있다.

3-1: 길에서 만난 백구

돌담과 개집, 밥그릇은 펜으로 그렸고 나뭇잎은 마커로 표현했다.
마지막으로, 직접 찍은 백구 사진을 오려 붙인 뒤 펜으로 목줄을
그려 넣었다.

3-2: 대관령 양떼 목장

풀밭과 나무는 수채화 물감으로 색칠했고
펜으로 울타리를 간단하게 그렸다.
직접 찍은 양 사진을 풀밭 여기저기에
적당히 붙여 주어 아기자기한 분위기를 내보았다.

3-3: 남이섬 다람쥐

붓펜을 이용해 소나무를
입체적으로 그렸고
직접 찍은 다람쥐 사진을 오려
소나무 위에 붙였다.

_당신에게, 러브 레터

눈이 부시도록 화창한 날입니다.

참으로 오랜만에 편지를 써보는 것 같군요. 펜이 내 마음처럼 움직일까, 약간은 조바심이 납니다. 편지를 보내는 게 이렇게나 어려운 건지 몰랐습니다. 잠깐 마음을 가라앉히고 당신과 향긋한 재스민차 한 잔을 마주하면서 이야기하듯 써보려고 합니다. 같은 공간에서 일하면서 편지로 마음을 전하려니 어색하기도 하고 동료의 고백에 당신이 어떤 반응을 보일까 궁금하기도 합니다. 내일이 당신의 생일이니 우선 축하를 해야겠군요.

당신은 아는지 모르겠습니다, 언제부턴가 내 시선은 당신을 향해 있다는 것을. 한마디로, '이(가슴) 안에 너 있다'던 옛 드라마 대사가 딱 요즘의 내 마음입니다. 밝고 희망적인 선율을 타고 펜이 경쾌하게 종이 위를 내달려주기를 바라면서 카를 필립 엠마누엘 바흐의 '첼로 협주곡 A장조' 3악장 알레그로를 백뮤직처럼 틀어 놓습니다. 사실 지금 몇 번째나 이 편지를 고쳐 쓰고 있는지 모릅니다.

하루 일과를 마치고 당신이 좋아하는 음악
을 들으며 이 편지를 그윽하고 애정 어린 눈
빛으로 읽어 주면 좋겠습니다. '나는 소중한
순간을 갈망해요. 우리의 행복한 순간을.'에
릭 사티의 '당신을 원해요Je te veux'를 들으며
편지를 읽어 주길 바랍니다.

'행복이 이런 거였나' 싶습니다. 당신과 같은 하늘 아래서 같은 공기를 마시
며 숨쉬고 있다는 사실에 기쁘고, 살아 있다는 것에 이토록 감사함을 느껴 본
적이 있나 싶을 정도로. 예전에는 아무것도 아닌 것 같았던 일들이 중요해집니
다. 밋밋했던 것들마저 활기를 띱니다. '사랑을 하면 세상이 컬러로 보인다.'
영화 〈플레전트 빌〉의 카피였던가요. 요즘 눈앞에 보이는 모든 것에 화사한 색
채가 살아난 것 같은 느낌입니다.

당신의 어떤 면에 마음을 빼앗겼을까. 음, 당신은 강렬하게 사로잡는 관능적
원색이 아닌, 은은한 파스텔 톤의 느낌이랄까. 함께 일하면서 당신이 친절하게
건네준 사려 깊은 말들, 작은 배려의 손길에 감동을 받기도 했습니다. '여유가
있구나' 싶었는데 일할 때는 매우 꼼꼼하더군요. 날이 갈수록 당신의 반듯함,
열정에 감탄했습니다. 아마 나열하면 이 편지 끝까지 써도 모자라겠죠. 그저
당신이 좋아졌노라고 해야겠습니다.

당신의 인간관계가 생각보다 단순해서 적잖이 놀란 적도 있습니다. 이렇게 복잡하고 골치 아픈 세상에서 그렇게 단순함을 유지한다는 게 얼마나 어려운가요. 출세와 성공을 위해 잔가지를 뻗는 게 너무나도 당연한 사회에서 묵묵히 자신의 가치관을 지켜 나가는 모습에 존경심마저 듭니다. 주위 사람들은 당신에 대해 한결같다, 함께 있으면 마음이 편해지는 사람이다, 이렇게 입을 모아 이야기하더군요.

며칠 전에는 프랑스인과 한국인 피아니스트의 듀오 공연을 보러 갔습니다. 피아노 한 대 위에서 서로의 손을 교차하며 근사한 화음을 자아내더군요. 나는 단순한 편이라 모딜리아니와 잔느의 아름답지만 지독하게 아픈 사랑보다는 샤갈과 벨라의 따스하고 행복한 사랑이 더 와 닿습니다.

　지난번 퇴근길에 우연히 마주친 당신은 책을 읽고 있었습니다. 『어두운 상점들의 거리』, 제목이 몽상적이었어요. 파트릭 모디아노의 간결하면서도 섬세한 문장을 읽다 보면 마치 풍경 스케치를 보는 듯하다며 당신은 눈빛을 반짝였지요. 당신이 무언가를 기다리는 순간에는 반드시 손에 책이 있는 것 같습니다.

　보슬비 내리던 어제는 고음악의 거장 조르디 사발의 비올라 다 감바 음반을 사 놓고 한참을 들었습니다. 꽤 감상적이죠(웃음)? 알고 보니 영화 〈세상의 모든 아침〉에서 명연을 들려주었더군요. 16~17세기에 사용된 악기가 내는 소리는 흡사 사람의 목소리 같습니다. 이 영화를 몇번 본 적이 있긴 하지만 고음악 연주만을 따로 듣는 건 처음이었습니다. 조르디 사발이 언젠가 또 내한하면 그때는 꼭 당신과 함께 음악을 들으러 가고, 당신이 좋아하는 그림 전시회도 함께 다니고 싶군요.

하지만 같은 곳에서 일하는 당신에게 이런 고백이 부담스럽게 느껴지지나 않을지……. 설마 비틀즈의 노래처럼 'You say goodbye, I say hello'가 되지는 않겠지, 나는 아직 시작도 못 했는데 당신은 이게 끝이라고 하지는 않겠지, 하며 마음을 다독입니다.

《어린 왕자》에서는 세상에서 가장 어려운 일은 사람이 사람의 마음을 얻는 일이라고 했죠. 그래서 성급하게 굴지 않기로 했습니다. 듬직하게 당신의 답장을 기다리기로 했어요. 단, 너무 오래 기다리게 하지는 않았으면 합니다. 행여 당신 마음의 경계를 허물고 자유롭게 드나들 수 있다면 얼마나 좋을까요. 당신 마음의 문을 열고 들어갈 열쇠를 쥐어 보겠다는 건 너무 맹목적이고 바보 같은 욕심일 겁니다. 당신에게서 아무런 답장을 받지 못한다면 틀림없이 절망하겠지만 결코 당신을 불편하게 하고 싶지는 않습니다. 지금으로서는 내 마음을 전할 수 있으니 그걸로 되었다, 짐짓 여유를 부려 봅니다.

편지와 함께 당신의 생일 선물을 준비했습니다. 일전에 당신이 읽고 싶다고 한 그 책과 프랑스 첼리스트 모리스 장드롱의 신보, 그리고 장미 꽃다발입니다. 포레, 베토벤, 브람스를 연주하는 모습이 음반 재킷으로 실려 있습니다. 당신에게서 답장을 받을 수 있으면 좋겠습니다. 내 마음이 전해졌기를 바라며…….

－모티프: 프랑스 피아니스트 에르베 엔카와
Hervé N'Kaoua, 최주영의 듀오 연주회.
연주회 감상 도중 생각난 문장들을 옮긴 것.

#6

토닥토닥

공원

베른에는 곰이 산다.

에메랄드 빛 강물이 흐르는 작은 곰공원에서
커다란 곰 한 마리가 혼자 뒹굴뒹굴,
어슬렁어슬렁 먹이를 찾아다닌다.

베른Bern의 고색창연한 구시가지

혼자인 사람은 혼자인 다른 누군가를 쉽사리 찾아내는 걸까.
신비로운 중세의 숨결, 고색창연함이 빛나는 도시 베른에서도
혼자인 사람은 혼자 있는 존재를 반드시 발견해 내고야 만다.

생일 매뉴얼

한 살 더 먹는다는 건
시간의 질감이 한 겹 두터워졌다는 뜻.
허전함도 그만큼 깊어졌다는 뜻.

홀로 맞이하는 생일에
카카오톡 생일상을 받았다.
그저 그런 생일에 받는 진수성찬 덕에
마음이 짠해졌다.

혼자 맞는 생일엔 스스로에게 생일상을 차려 준다.
쿠폰을 차곡차곡 붙여 두며 먹는 배달음식도,
혼자 사 먹는 식당 음식도 오늘은 사절.

크리스토퍼 크로스의 'The best that you can do'를 백뮤직으로 틀어 놓는다.

미역을 조물조물 불린다. 뽀얀 쌀밥을 짓는다.
파릇파릇, 아삭아삭 야채를 준비한다.
소고기를 재어 둔다.
가스레인지 앞에서 미역국이 끓기를 기다리고 간을 보면서.

조리된 음식이 식탁을 채운다.
텅 빈 마음도 꽉 차오른다.
직접 만든 음식들을 맛보며 살아 있음을 느낀다.
프랑수아즈 사강의 말로 스스로를 긍정한다.

'난 충분히 잘살고 있어.
걱정하지 마.'

내 편

묵직하게 쌓여 버린 하루의 피로도,
커다란 구멍이 난 듯한 가슴도
천사 같은 눈망울이 위로한다.

하염없는 넋두리도,
하릴없는 한숨도
쫑긋 세운 귀가 달래 준다.

시선도, 몸짓도 오로지 혼자인 우리를 향한다.
꼬리춤을 추며 무조건 부리나케 달려온다.
애정의 순도는 100퍼센트.

세상의 종말이 와도 끝까지 내 편,
변함없이 내 기분을 이해해 주는
우리 집 바둑이.

거리에서

시부야의 한복판은 왁자한 명동.
번쩍거리는 간판, 많은 상점, 사람들의 물결,
분주한 발걸음, 붐비는 지하철, 잘 차려 입은 연인들…….

그런데도 명동에는 없고 시부야에는 있는 것, 그것은 바로 외로움.
시부야에는 파도처럼 밀려드는 사람들 사이에
왠지 모를 외로움이 있다.

봄날

창밖에는 노오란 개나리가 재잘거리듯 흐드러지게 피어 있고
벚나무는 함박눈처럼 하얗고 소담스러운 꽃가지를 받치고 서 있다.
바람이 불자 새하얀 벚꽃 눈송이들이
소리 없이 후두두 막무가내로 쏟아져 내리며
빙그르르 춤을 춘다.
아아! 눈이 시리도록 빛나는 봄날의 정경.

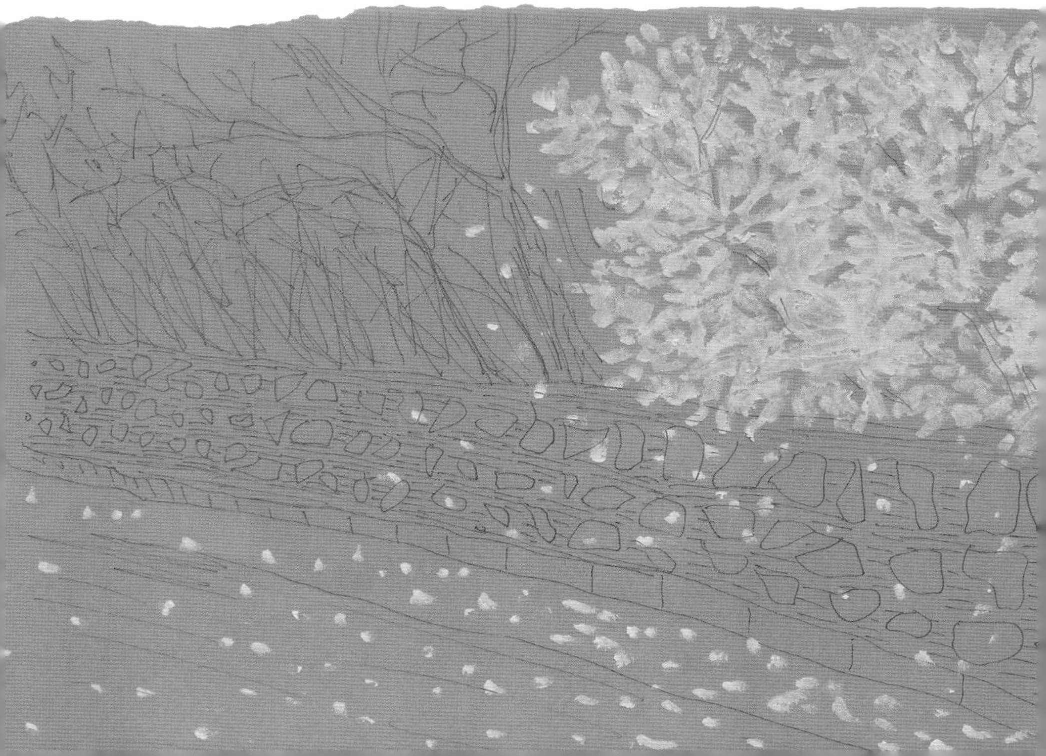

까치 한 마리가 여기저기 흩날린
꽃잎들 위를 총총 뛰어다닌다.
봄은 그렇게 성큼 다가온다.

창밖을 바라보는 그녀.
신체 나이도, 생물학적 나이도 20대라면……
싱숭생숭, 오만 가지 생각이 들어도
돌담길에 핀 벚꽃을 그냥 지나치는 건
봄에 대한 예의가 아니지.
꽃잎들이 혼자인 그녀를 위로하듯
훨훨 왈츠를 추고 있다!

헤르만 헤세

그가 40세부터 시작한

수채화 3,000여 점은 절제되고 소박한 그림들이다.

전쟁 때문에 이주해 간 스위스의 풍경은 창작의 근원이었다.

그의 그림은 집과 꽃, 나무, 구름, 산, 호수 등의 자연풍경이 무척 조화롭다.

전쟁, 조국 독일인들에게 받은 불신과 고독,

고뇌와 괴로움을 그림으로 극복해 나간 헤르만 헤세.

스케치북과 연필, 그리고 어머니 같은 자연이 숨쉬는

스위스의 몬타뇰라 Montagnola.

그가 12년이나 살았던 집 카사카무치 Casa Camuzzi.

그곳에서 그린 그림 한 점 한 점마다 자연의 숨결이 묻어난다.

그가 그림을 통해 찾아낸 진리는 '단순함'이 주는 기쁨과 평화.

우리의 삶도 단순해지기를.

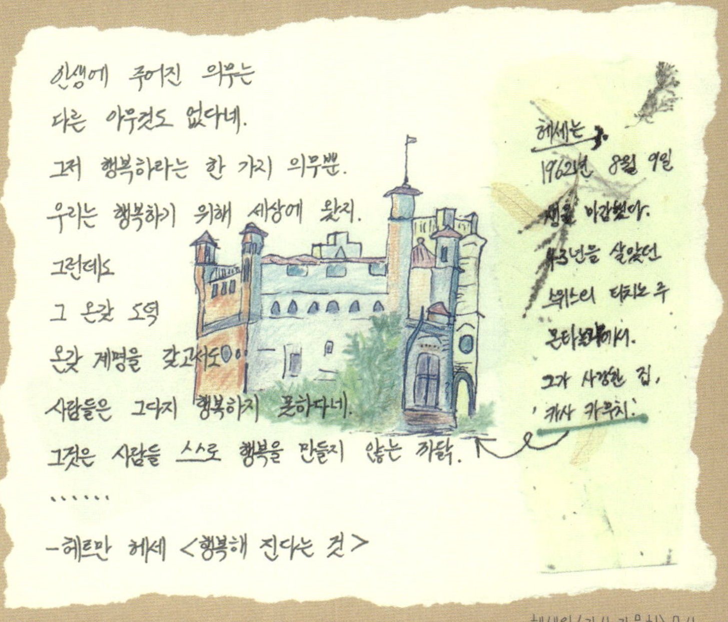

인생에 주어진 의무는
다른 아무것도 없다네.
그저 행복하라는 한 가지 의무뿐.
우리는 행복하기 위해 세상에 왔지.
그런데도
그 온갖 도덕
온갖 계명을 갖고서도
사람들은 그다지 행복하지 못하다네.
그것은 사람들 스스로 행복을 만들지 않는 까닭.
......

-헤르만 헤세 <행복해 진다는 것>

헤세는
1962년 8월 9일
생을 마감했어.
43년을 살았던
스위스의 티치노 주
몬타뇰라에서.
그가 사랑한 집,
'카사 카무치'.

헤세의 〈카사 카무치〉 모사

색연필

그동안 수고했다며,
도움의 손길에 고마웠다며 그녀에게 건네준
40색상 색연필은 위로의 비타민.

토닥토닥 등을 쓸어 주는 손길에
눈가엔 또로록 눈물 방울.

그녀는 오늘도 색연필을 든다.
책상 위 작은 꽃병,
옥상에 널린 빨래,
공원의 벤치, 반짝이는 햇살.

매일 보는 것들을 모조리 노트에 담아 본다.
행복을 그려 본다.
끄적거림의 '덕후'답게!

펠릭스 발로통 스타일로 그려 본 나무

커피 브레이크

잠이 덜 깬 나른함 속에서 컴퓨터를 부팅하고
커피 캡슐 하나를 커피머신에 넣는다.
너도나도 커피 한 잔과
초콜릿, 비스킷, 케이크 한 조각으로 하루를 시작한다.

커피향 가득한 이른 아침의 사무실.
긴장을 풀고 수다를 떤다.
두뇌를 풀가동하기 전
모닝 커피 한 잔과 소나타 몇 구절의 여유.

커피 브레이크

어쩌다 혼자

사소한 취향

개성과 매력을 발산하는 남자의 목소리는 어떤 것일까?
소프트 아이스크림처럼 부드럽거나
깊은 밤처럼 나직하거나 첼로처럼 편안한 목소리,
혹은 쇼팽의 전주곡 15번 '빗방울'처럼 촉촉하게 마음에 노크하는 목소리.
이왕이면 그런 목소리의 남자라면 좋겠다.

**하지만 감미로운 목소리보다 더 중요한 건
열정, 따스함, 배려심.**

가장 슬픈 것

"세상의 모든 일들 가운데 가장 슬픈 것은
개인에 관계없이 세상이 움직인다는 것이다."

–트루먼 커포티(미국의 소설가)

살아 보니

혼자 살아 보니 알겠다.

'안 하면 티 나고, 해도 티 안 나는'
매일매일 반복되는 빨래와 청소, 설거지가
영화 〈사랑의 블랙홀〉처럼 지긋지긋한 반복임에도
자식을 낳아 키운다는 이유 하나만으로
집안일은 당연히 엄마의 몫이었다는 걸.

프로처럼 모든 일을 척척 해내는 엄마는
생활비를 드리면 월급이라며 좋아하고
용돈이라도 드리면
미안해하면서도 아이처럼 기뻐했지만
가족이 그 모든 상노동의 이유이자
당신의 존재 이유라는 걸.

처음 쓰는
가계부

음악의 성인 베토벤도 썼다는 가계부를 쓰기 시작했다.

　　콩나물 한 봉지 천 원,
　　두부 한 모 천이백 원,
　　무 한 개 천오백 원,
　　고등어 한 마리 칠천 원……

콩나물과 두부를 파는 할머니는
어제 손주의 돌잔치에 다녀왔다며 싱글벙글 떡 한 개를 건넸다.
마트의 아주머니는 아들이 곧 군대에 간다고 허전함을 감추지 못했다.
생선 가게 아저씨는 요즘 생선이 안 잡혀
생선값이 껑충 뛰었다고 울상을 지었다.

혼자 쓰는 가계부는 시간이 흐를수록
사람 사는 이야기로 채워져 간다.

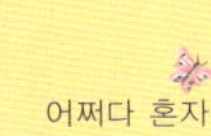

사랑이
목마를 때

통영의 바다

창밖은 꽃의 아우성이 한창이다.
봄은 또 언제 이렇게 성큼 찾아왔는지.
사랑도 봄을 타나 보다.

긴 세월 망설이고 머뭇거린, 소심했던 나날들일랑 묻어 버리고
낯선 세상으로 한 발 내디뎌 본다.
우리 인생에 봄이 몇번이나 더 찾아올지.

순간, 마크 트웨인의 명언이 떠오른다.

"앞으로 20년 후 당신은 자신이 한 일보다는
하지 않은 일로 인해 더 실망할 것이다.
그러니 밧줄을 풀고 안전한 항구를 벗어나 항해를 떠나라.
돛에 무역풍을 가득 담아라."

어떤 풍경

그녀는 남프랑스 페넬롱* 성의 입구에 서 있다.
기나긴 세월의 정취가 어린 오솔길의 나무들, 부드러운 바람,
여름과 가을 사이에 펼쳐진 하늘의 빛깔이 눈부시다.

도도하게 흐르는 도르도뉴 Dordogne 강의 정경에 시선을 빼앗긴다.
빈약한 언어로는 그 풍경을 묘사하지 못한다.

페넬롱 성의 전경

그저 아~ 하고 감탄사를 내뱉는다.
페넬롱 주교의 경건하고 헌신적인 신앙에 불현듯
엔도 슈사쿠[**]의 『침묵』이 오버랩된다.

시련을 견뎌야 하는 카톨릭 신도들의 험난한 신앙의 길,
그 이유를 물어도 대답하지 않는 신,
그리고 그 사이에서 고뇌하는 로드리고 신부.

신앙의 길처럼, 유유히 흐르는 도르도뉴 강처럼 끝 모를 우리 인생길.
시간의 끝은 어디일까. 우리 삶의 끝은 어디일까.

[*] 프랑수아 페넬롱François de Salignac de la Mothe-Fénelon(1651~1715):
17세기 프랑스의 대주교, 신학자, 작가. 『텔레마쿠스의 모험』을 펴냄.

[**] 엔도 슈사쿠遠藤周作(1923~1996): 일본 작가. 『바다와 독약』, 『침묵』, 『깊은 강』 등을 펴냄.

마커로 그리기

준비물

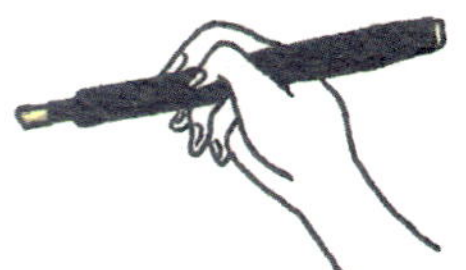

마커(신한 아트):
파스텔 핑크 RP17,
파스텔 바이올렛 P84,
에메랄드 그린 G55

캔손 크로키 스케치북
(10.5 x 14.8cm)

그리고 원한다면

초콜릿!

1. 파스텔 핑크 마커의 두꺼운 부분을
   눕혀 꽃잎을 그린다.

2. 꽃잎을 풍성하게 한다.

3. 파스텔 바이올렛 마커의
   두꺼운 부분을 눕혀 꽃잎의 중앙에
   색감을 더한다.

4. 줄기를 그린다.

완성

#7

사랑보다 깊은 유혹

동행

그는 카푸치노
그녀는 아메리카노

그는 라면
그녀는 파스타

그는 파란색
그녀는 분홍색

그는 느와르
그녀는 로맨틱 코미디

그는 고갱
그녀는 반 고흐

그는 여름
그녀는 겨울

그는 강아지
그녀는 고양이
……

그렇게 서로 다른 둘이 만나
그가 그녀의 삶에,
그녀가 그의 삶에 스며든다.

그리고 함께 인생길을 걷는다.

미용실에서

마음이 칙칙한 날에는 미용실에 간다.
잡지 속 화려하고 근사한 헤어스타일에 두근거린다.
나도 저렇게 근사해질 수 있을까.

"푸석해진 머리에 염색은 어떨까요?
앞머리를 내볼까요? 파마나 볼륨 매직은 어떠세요?"
스태프의 권유에 "이렇게 해주세요." 라고 잡지를 내민다.

세 시간 넘도록 미용사의 손은 쉴 새 없이 움직인다.
따끈한 녹차 한 잔과 파마약 냄새가 뒤엉켜도, 헤어롤을 말고 졸다가,
잡지를 읽다가, 미용사의 이야기보따리에 귀를 기울이다가
완성된 모습을 상상하며 우리는 긴긴 시간을 인내한다.

그런데 왜 슬픈 예감은 틀리지 않을까.
짠 하고 거울 속에 나타난 여자의 모습이 무척이나 낯설다.
싹둑 잘려 나간 어색한 단발 머리는 충격 그 자체다.
그래, 잠시 잊고 있었다.
우리는 이영애도, 전지현도 아니라는 사실을.

다음에도 또 부질없는 기대를 하며 미용실을 찾겠지만
칙칙했던 마음이 새롭게 바뀐 헤어스타일처럼 산뜻해졌다고
스스로를 위안하며 미용실을 나설 것이다.

여자는 언제나 빛나고 싶어 한다.

평생
듣고 싶은 노래

"가끔 라디오에서 좋은 노래가 나올 때가 있어.
노래를 듣고 나선 들은 것만으로 행복해지기도 해.
만약 평생 듣고 싶은 노래가 있다면,
넌 그런 노래일 거야."

-영화 〈유 콜 잇 러브〉에서

재래시장

깎아 주세요.
하나 더 주세요.
더 큰 걸로 주세요.
퇴근길에 들르는 재래시장.

신선함,
싱싱함,
활기가 넘치는 곳,
저렴한 가격은 덤.

삼치 한 마리,
오이 천 원어치,
사과 한 봉지를 들고
집으로 가는 발걸음은 가볍다.

백화점보다, 마트보다 더 친해지고 싶은 곳.

댄스, 댄스

내 몸 하나 건사하기조차 버거운 하루, 종이처럼 구겨진 기분,
싱크홀처럼 가라앉은 마음. 그럴 때는 음악을 듣는다.
눈을 지긋이 감는다. 그리고 리듬을 탄다.

화성에 홀로 내던져지고도 신나게 디스코를 추던
영화 〈마션〉의 와트니처럼 몸을 흔들어 본다.
나무토막처럼 뻣뻣하게 굳은 몸, 허공을 휘젓는 어색한 손짓이라도 상관없다.
스텝이 엉키면 어떠랴.

고개는 까딱까딱
어깨는 들썩들썩
다리는 흔들흔들

몸을 흔드는 순간
우리는 이미 이사도라 던컨이고
제니퍼 빌즈이고 우마 서먼이다.

몸속에 숨어 있던 정열이 발산된다.
자유의 호르몬이 온몸을 타고 흐른다.
우울함이 사라진다.
음악을 틀어 보자. 리듬을 타보자.
댄스, 댄스.

로트렉 〈물랭 루즈에서의 춤〉 모사

어쩌다 혼자

밸런타인데이

초콜릿 상자와 커다란 곰 인형,
붉은 장미 꽃다발을 안고 거리를 활보하는 커플들.
그렇구나, 오늘은 밸런타인데이.

이 사랑스런 날이 그녀에겐 마음마저 꽁꽁 얼어붙은 추운 겨울날일 뿐.

시큰둥한 척, 쿨한 척 내색하지 않지만
지금 그녀는 이 세상에서 가장 외로운 한 사람.

다시 시린 봄이 온다.

미안해요,
고마워요

"밥은 챙겨 먹고 다니니? 잠은 잘 자고? 방이 이게 뭐니……"
손수 만든 메밀묵이며 김치, 나물 같은 밑반찬을 싸 들고 온 엄마는
청소기부터 집어 든다.

"그냥 앉아 계세요. 오자마자 무슨 청소를……"
엄마와의 실랑이가 또 시작된다.

엄마의 머리에 어느새 하얀 눈이 내렸다.
바위처럼 굳건하고 산처럼 커보였던 엄마의 뒷모습이 언제 저렇게 왜소해졌을까.
싱크대에서 분주하게 왔다 갔다 하는 엄마의 손은 갈라지고 거칠어졌다.

"얼른 결혼이라도 하면 내가 이제 죽어도 소원이 없겠구먼.
남들은 벌써 손주까지 봤어. 너 때문에 잠이 안 오네…….
올해는 너를 꼭 시집 보낼 거야."
엄마의 결혼 타령이 또 시작된다.
그러면서도 딸을 묵묵히 지켜봐 주는 엄마.

미안해요, 그리고 고마워요, 엄.마.

샤갈

샤갈은 하늘색.
언젠가 머물렀던 취리히,
그 호수의 빛깔과 프라우뮌스터 성당 안 스테인드 글라스의 빛깔이다.

트램 티켓 위에 펜으로 그려 본 건물들. 티켓 색깔도 하늘색이다.

샤갈의 색이 보고 싶을 때
무작정 취리히의 호숫가를 그려 본다.

배경은 간단히.
중요한 건 호수의 하늘색.
정경을 부드럽게 하는 하늘색.
누군가의 눈동자를 닮은 시원한 하늘색.
말하자면 행복한 하늘색.

제자리

덧니를 뽑은 날.
좀 더 정확히 말하면 어금니 뒤에
수십 년간 조용히 숨어 지내던 덧니 두 개를 뽑은 날.
굳이 뽑을 필요가 있을까 하다가
또 굳이 놔둘 필요가 있을까 하면서.

제자리를 찾지 못해 생긴 덧니.
제자리를 찾아주지 못해 놔둔 그 덧니를 기어이 뽑아냈다.

잇몸에 마취 주사를 몇 대 맞고 잘 빠지지 않는 덧니 한 개를
의사는 어르고 달래고 힘을 주다가 쑥 뽑아냈다.
수십 년의 시간이 단 몇분 만에 사라져 버렸다.

덧니가 있던 자리에 뚫린 커다란 구멍.
뽑으면 시원하기만 할 줄 알았는데 뽑으니 어쩐지 허전하다.
살면서 제자리를 찾아주지 못해 뽑아낼 수밖에 없는 게 어디 덧니뿐일까?

어쩌다 혼자

사랑보다 깊은 유혹

그랜드 세일, 한정 판매, 마감 임박.
그러나 결국 다 같은 이야기.
"지갑 여세요~"
매장의 점원은 온갖 달콤한 말로 그녀를 유혹한다.
위시리스트에 한참 동안 담겨 있던 그 가방.
언젠가 '그날'이 오면 사겠다던 그날은 바로 오늘.

이리 들어 보고 저리 들어 보고
거울에 비친 그녀는 오늘따라 파리지엔처럼 근사하다.
그 순간만큼은 머릿속 계산기도 작동 불능.
한 달 내내 수고한 자신에게 이 정도 선물쯤이야,
노동의 행복한 대가인걸.

삶이란 게 어디 먹고사는 문제뿐이랴.
가끔이라면 이런 사치가 허락되어도 좋지 않을까.

기어이 지갑을 열려는 순간 지난달에 산 구두를 떠올린다.
모든 돈은 유일하게 내 지갑에서 나온다는 사실을 다시 기억해 낸다.
아쉽지만 이내 가방을 내려놓는다.

차츰 온갖 유혹에도 강해져 가는 혼자 살이.

내 남자

그의 눈빛은 맑고 강렬하다.
자신의 목표와 인생에 대한 열정, 애정에서 나오는 빛이다.
시선은 그윽하다.
30대 중후반으로, 샤프하지만 전체적으로 온화한 인상에,
마음은 넓고 가슴은 넉넉하다.
반듯하고 사려 깊고 신중하고 배려심도 있고.
너무나 당연한 말이지만 서로 공감하며 질문하고 대답하고.
이것이 진짜 대화라고 생각하는
그야말로 남자 중의 남자.

그가 입을 열면 긍정의 에너지가 주위를 감싼다.
밝고 즐거운 이야기,
내가 듣고 싶은 그런 이야기를 하니까.
게다가 목소리는 듣기 좋은 중저음.

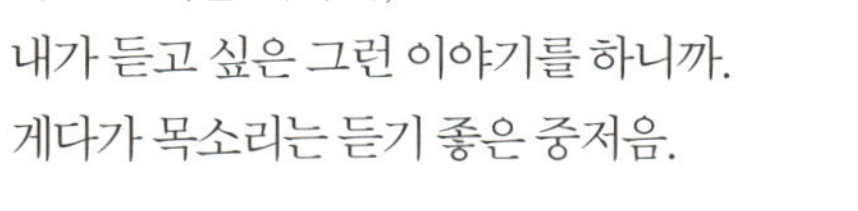

그와 함께 있는 시간은 리카르드 베리의 〈북유럽의 여름 저녁〉.
같이 바라보고, 이야기하지만 지나친 간섭은 하지 않기를 바라는,
서로의 공간을 배려하고 존중할 줄 아는 그런 사이.

그는 교양과 지식을 겸비한 젠틀맨, 거기다 유머까지.
인스턴트 음식보다는 정성스레 조리한 음식을 좋아하며
자기 방식의 요리 하나쯤은 거뜬히 만들어 내는 독특한 남자.

비틀즈의 '블랙 앨범'을 패러디한 '화이트 앨범'을 아들에게 건네주며
"솔로 곡만 계속 들으면 지루해.
근데 네 명의 노래를 번갈아 들으면 상승작용이 일어나지.
느낌이 와. '아, 비틀즈다'"라고 했던
영화 〈보이 후드〉의 에단 호크처럼 음악을 즐길 줄 아는 남자.

지하철 혹은 광고판의 명화를 보면서 그림에 대해 이야기하고
미술관 가는 것도 마다하지 않는다.
여행지를 고를 때는 역사와 유서가 깊은 도시를 선택하고
가끔 스포츠와 산책을 즐긴다.
그러니까 그는 대체로 만나고 돌아서도, 모습을 떠올려도
기분이 좋고 마음이 편해지는 그런 남자다.

어차피 희망 사항이라면 조금 거창해도 좋지 않을까.

결혼은 미친 짓일까?

결혼은 왜 할까?　판단력이 부족해서.
이혼은 왜 할까?　이해력이 부족해서.
재혼은 왜 할까?　기억력이 부족해서.

인터넷에 떠도는 이런 유머는
혼자인 우리를 더 혼란스럽게 한다.

하지만 결혼은 해도 후회, 안 해도 후회란다.
그래도 '나의 반쪽을 찾고 싶은 열망'을 굳이 저버리고 싶진 않다.

어쩌다 혼자

Feels so good

천국은 내 안에 있어요
심장이 두근거려 말을 하기 힘드네요
내가 행복을 찾는 것처럼 보여도
우리가 볼을 맞대고 춤출 때
천국은 내 안에 있어요.

-엘라 피츠제럴드, '뺨과 뺨을 맞대고'에서

샬롯의 아가씨

샬롯 섬의 첨탑에 갇혀 혼자 살던 여인이 있었다.

오로지 마법의 거울로만 세상을 볼 수 있었던 그녀는
실을 자아, 천을 만드는 일만 했다.
하루하루가 무섭도록 지루했을 그녀에겐
유일한 삶의 낙이었다.

거울 속에서 세상 구경을 하던 그녀는
어느 날 늠름하고 잘생긴 기사騎士를 보게 된다.
마음 속에서 그의 존재는 점점 커져 갔다.

그의 얼굴을 꼭 한 번만 볼 수 있다면!
그 열렬한 소망 하나로 그녀는 첨탑 밖으로 나가고 말았다.

그녀를 태운 조각배는 강물을 타고 서서히 흘러갔다.
그가 있는 곳을 향해.

어쩌다 혼자

그녀는 이미 알고 있었다.
그것이 죽음의 길이라는 걸.

바깥세상으로 나가면 죽게 되는 저주를 받았던 그녀는
스스로 혼자라는 울타리를 벗어났다.

죽음의 항해였지만
샬롯의 아가씨는 처음으로 생의 감각을 되찾았다.

−모티프: 알프레드 테니슨의 시 〈샬롯의 아가씨〉
& 존 윌리엄 워터하우스의 그림 〈샬롯의 아가씨〉

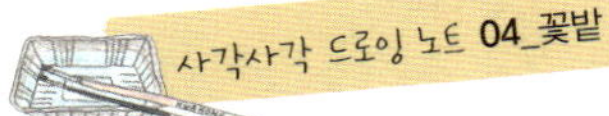

마커로 그리기

준비물

스케치북(아이비스 드로잉북)

그림 물감(티티):
다홍색, 빨간색, 짙은 녹색

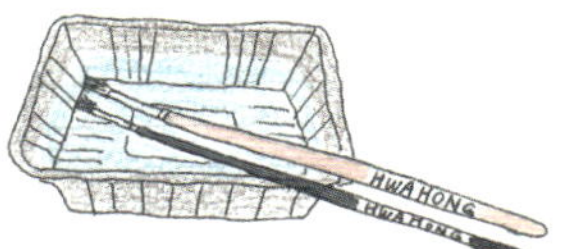

붓(화홍): 4호, 6호
물통

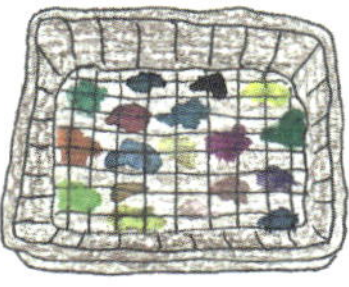

팔레트

헝겊

그리고 역시 초콜릿!

1. 다홍색과 빨간색(한두 번 살짝
  찍은 양)을 섞고 물을 붓에 조금 적신
  다음 꽃봉오리를 그리기 시작한다.

2. 봉오리를 여러 개(각각 조금씩 다른
  크기로) 그리되 멀리 있는 것은 조금
  작은 크기로 그린다.

3. 초록색으로 잎사귀를 그린다. 줄기를 그린
  다음 잎을 그린다(사람이 양손을 올린 듯한
  느낌으로). 멀리 있는 꽃의 줄기 및 잎은
  물을 약간 더 섞어 흐리게 표현한다.

완성!

#8

그래도
지금은 싱글

인생의 난기류

상황을 받아들이고 체념하는 게 삶을 사랑하는 걸까,
안토니오 그람시의 말처럼
'이성으로 비관하되 의지적으로 낙관'하는 게 진정 삶을 사랑하는 걸까.

속수무책, 어쩔 수 없는 상황이란 바로 이런 것.
비행기에서 난기류를 만났을 때 우리는
천국과 지옥, 긍정과 부정, 희망과 절망 사이를 오락가락하고
머릿속은 뒤죽박죽이 된다.
흔들림이 심해질수록 공포로 이지러지는 영혼.
주머니 속에서 짤랑하는 집 열쇠를 만지작거리다
비로소 정신을 차린다.

우리의 영혼을 이리저리 몰아붙이던 달갑지 않은 난기류가
거짓말처럼 말끔히 끝나면 가슴을 쓸어내린다.
그리하여 난기류는 그저 하나의 무용담이 된다.

그리고 다짐한다.
인생에서 난기류를 만나더라도
함부로 낙관을 포기하지는 않겠다고.

가츠시카 호쿠사이의
〈가나가와 해변의 높은 파도 아래〉 모사

그래도 지금은 싱글

아무도 없는 불 꺼진 집에 들어선다.
언젠가 홀로 죽음을 맞이할지도 모른다는 두려움을
쉽사리 떨쳐 낼 자신은 없다.
외로움은 혼자인 우리 일상의 배경 화면.
스스로 형광등을 갈아 끼우고 무엇이든 혼자 처리해야 하고,
그러다 문득 누군가에게 기대고 싶어질 때가 있다.
자고 일어나면 잔주름은 하나씩 늘어난다.
넓어진 모공에 절망하고 새치를 뽑을 때마다 마음은 철렁.
시간이여, 제발! 멈춰라.
더 늦기 전에 소개팅에 나가 반쪽을 찾으라고
선배들은 여전히 등을 떠민다.

어쩌다 혼자

그럼에도, 그럼에도
마음의 평화를 포기할 수는 없다.

누군가와 새롭게 시작하는 제2의 인생은 왠지 두렵다.
연애만 하며 사는 가벼운 인생도 싫다.
100퍼센트의 완벽남들보다 텅 빈 집에 들어오면
언제나 나를 반기는 포근한 고양이가 더 좋다.

고양이의 엄마를 자처하며 뒹굴뒹굴.
지금 이 순간 100퍼센트의 평화를 그 무엇과 바꿀 수 있을까.
연애 세포가 말라 버린 '건어물녀[•]'라 해도 좋다.

오늘도 우리는 혼자, 홀릭.

● 건어물녀: 일본 만화 〈호타루의 빛〉에 등장하는 여자. 직장에서
는 세련되고 능력 있지만 일이 끝나면 미팅이나 데이트를 하기
보다는 집으로 돌아와 트레이닝복 차림에 머리는 질끈 동여 묶
고 오징어 같은 건어물을 즐겨 먹는 여자. 일에 지쳐 혼자 쉬는
것을 좋아하고 연애에 관심이 없음.

My
world

단테 가브리엘 로세티
〈이젤 앞에 앉아있는 엘리자베스 시달〉 모사

설레는 마음으로 하얀 스케치북 앞에 앉는다.
펜을 쥐고 눈앞의 풍경을 관찰한다.
강아지의 발, 공원의 벤치,
작은 등불, 이름 모를 들꽃, 옥상의 빨래……
세잔처럼 있는 그대로 그려 봐야 할까.
고흐처럼 나만의 느낌을 표현할까.
그림을 그리는 순간엔 너도나도 예술가.

서투르지만, 부담스럽지만, 재료도 볼품없지만
그림이 완성된 뿌듯함이 계속되다 보면
닿을 수 없는 먼 세계인 줄 알았던 그림은
그제야 자신의 문을 살며시 열어 주기 시작한다.

어쩌다 혼자

교토 아라시야마 도게츠교

매일 더
행복하게

1년 동안 50여 권의 책을 정독하고
100여 권의 책을 훑어보는 여자.
제대로 그림 공부를 한 적은 없지만
1년에 20권의 스케치북을 써버리는 여자.
수백 곡의 음악을 들어야 마음이 놓이는 여자.
수십 번의 전시와 공연, 수십 편의 영화를 보는 여자.

어차피 혼자라면 혼자만의 시간을 마음껏 즐겨도 돼.
사소한 행복으로 하루를 채워 보자.

그게 나와 그대와, 우리의 일상이다.

뚜벅뚜벅

**작심삼일의 외국어 공부,
스스로에게 마법을 건다.**

한 점 부끄럼 없는 용기로 당당하고 과감하게,
잘하자는 집착은 버린다.
다 하지 못한 말에 미련을 버린다.
문법을 세우고 문장을 짓고 단어 하나에 진심을 듬뿍 담는다.
문화가 다른 너와 소통하는 즐거움을 위해 멈추지 말고 끈기 있게,
규칙적으로, 뚜벅뚜벅.
그렇게, 일상이 되듯이.

내려놓기

택시 한 대가 지나간다.
선명한 초록색 네온사인이 휴무라고 반짝거린다.
휴무 택시의 녹색은 청량하다.
어디였던가, 저토록 푸른 초록을 본 것은.

'떠나요 둘이서 모든 걸 훌훌 버리고……'
옛 유행가 가사가 속삭이던, 산소를 내뿜던 휴양림의 제주도.
에메랄드빛 바다 위에 눈가루처럼 물보라를 흩뿌리던 그 제주도였지.

우린 늘 가슴속에 바다를 품고 산다는
줄리앙 클레르의 '떠나자 Partir'를 흥얼거린다.

미끄러지듯 힘차게 지나가던 휴무 택시는 하루 일과를 마치고
혹은 밥벌이를 끝내고 집으로 돌아가는 가장의 뿌듯한 발걸음을 닮아 있다.

혼자 아무리 바둥대도 안 될 때, 무리해도 안 될 때.
그럴 때는 잠시 내려놓는다.
노력하지 않는다.
그냥 흐름에 몸을 맡긴다.

그래, 서두를 필요 없다.

틈을 만들자.
여백을 그리자.

그녀의 정원

신데렐라 혹은
잠자는 숲속의 백설공주처럼 남자가 찾아내고
남자가 깨워 주어야 존재의 의미를 찾기보다는
스스로 인생의 정원을 가꾸는 여자가 되고 싶었다.

연필과 노트가 마냥 좋았던 꼬마 시절부터
형체를 알 수 없는 것을 쓰고 그리고 오려 붙이며 일편단심 꾸었던 꿈.

그녀의 일기장에 수만 개의 정원이 생기고 꽃들이 만개하는 동안,
추억도, 행복도 그만큼 짙은 향기를 지닌다.

All
by
myself

빡빡한 일주일을 마친 금요일 저녁,
윤기 흐르는 돼지갈비가 간절하다.
유명하다는 식당에 들어서니 아주머니 왈, "1인분은 안 됩니다."
쓴웃음을 지으며 말없이 되돌아선다.

그냥 집으로 갈까.
포기하려는 순간 눈에 띤 플래카드 '1인 손님 환영'.
"한 분이세요?"
구석 자리로 안내받는다.

반찬이 나오고 갈비가 지글지글 익어 갈 무렵 자리가 채워지는 2인, 4인 테이블들.
"저 여자는 혼자 먹으러 왔네."
따가운 시선들, 부담스러운 시선들이 쏟아진다.
맛있어 보이는 갈비를 음미하며 먹으려 해도, 느껴지는 시선들에 아랑곳하지
않으려 해도, 어엿이 혼자 밥을 먹는 순간부터 젓가락을 든 손이 허둥댄다.

혼밥, 그중에서도 혼자 고깃집 도전은 그야말로 혼밥의 최고 경지.
요즘은 1인 화로구이도 생겼으니 당당해지자.
멀리 가기 귀찮을 땐 2인분 흡입 각오로 떠나자.

타마라 드 렘피카

마리아 고르스카 Maria Górska 는 파리에서
타마라 드 렘피카 Tamara de Lempicka 로 다시 태어났다.
그림을 공부했고 파블로 피카소, 앙드레 지드, 장 콕토와 교류했다.

빼어난 미모, 보헤미안, 스캔들 메이커, 팜므파탈……,
그녀를 일컫는 수식어.

그러나 관습과 전통을 거부하는 용기, 도도함과 당당함,
열정과 차가움으로 세상을 끊임없이 도발한 그녀.

그녀는 한 번도 자기 삶의 조연인 적이 없었다.

드라마

현실에서 벗어나고 싶을 때, 마음 붙일 곳이 필요할 때,
뭐 하나 뜻대로 되지 않을 때.

그럴 때 우리는 리모컨을 잡는다.
까다로운 우리의 입맛에 맞는 미남이 나오는 드라마로 채널 고정.
매력 폭발 남자 주인공에 시선 고정.

완벽한 남자와 달달한 러브 스토리의 환상적인 컬래버레이션 속에서
원 없이 상상해 본다. 드라마 속 새빨간 거짓말에 무료한 삶이 살 만해진다.

드라마가 끝나면 씁쓸한 현실로 돌아오더라도
묵묵히 살아가는 우리에겐 가끔 그런 판타지가 필요하다.

그러나 정말 아주 가끔이다.
이런 드라마가 우리를 지배하게 두진 말자.

현실엔 절대 가난한 여자를 사랑하는 재벌 2세도,
옥탑방 그녀와 친구 되고 연인 되는 미남은 없으니까.
우린 그걸 너무 잘 아니까.

혼자서는
아프지도 말아요

열이 39도까지 올랐다.
온몸이 무지근하다.
살이 떨리고 몸이 부서질 듯 여기저기가 쑤신다.
배까지 아프다.
천장이 빙글빙글, 귓속은 윙윙.

열이 올랐다 가라앉기를 반복하고
몸도 으슬으슬 추웠다 괜찮아졌다 한다.
감기 몸살의 전조, 그걸 무시해 버렸더니 몸이 경고하는 것.

그녀의 귓속에서 윙윙 울리는 길버트 오설리번의 '얼론 어게인 Alone again',
'마치 날 조롱하듯 현실이 다가와 날 산산조각 내버렸어.'

아프니 서럽고 혼자라서 더 서럽고.
해열제를 꿀꺽 삼킨다.

밖은 어둑어둑.
집안에 퍼지는 엄마의 잣죽 냄새.
잣죽을 꾸역꾸역 입에 넣는다.
아파도 먹어야 일어난다는 엄마의 지론은
어느새 그녀의 지론이 되었다.

불안의 쓰나미

오늘은 월급날.
통장에 쏟아진 축복이 지친 하루를 들뜨게 한다.

하지만 기쁨도 잠시일 뿐.
받자마자 무서운 속도로 빠져나가는 피 같은 월급.
언제나 원점으로 돌아가는 통장의 잔고를 보며
우리는 불현듯 미래에 대한 두려움에 사로잡힌다.
싱글의 일상은 가끔 이런 두려움에 휘청댄다.

시원하게 뚫린 고속도로 같은 앞날도,
담요처럼 포근하게 감싸 줄 남편도 없는 우리,
용케 여기까지 왔으니 불안의 쓰나미가 덮쳐와도
용기와 확신을 놓지 말자.

어차피 무거운 마음의 짐을 덜어 줄 누군가가 없다면
형체 없는 불안을 떨쳐내며
흔들려도 꿋꿋하게
혼자서 인생의 그림을 그려 보기로 한다.

불안의 쓰나미

일상의 안전지대

그녀의 오늘 목표는
회색빛 일상에
인상주의 화가의 눈부신 색채 입히기.

과감히 하루 휴가를 내고 미술관으로 나선다.

순간 속에 포착된 드가의 발레리나들은
움츠렸던 그녀를 자유롭게 한다.

르누아르와 모네의 화사한 색조는
칙칙한 마음의 구름을 걷어 낸다.

그림을 보다 조금 지치면
향이 진한 커피 한 잔에 자신감 한 스푼을 넣고,
야무지게 케이크 한 조각을 입에 넣는다.

이따금씩 숨어들 자신만의 안전지대가 필요하다.
그렇게 하루하루를 둥글게 만들어 주는 연습을 한다.

_1퍼센트의 어떤 사랑

그는 어느 왕국의 통치자였다.

쉼 없이 정무를 돌보고 백성들의 안위를 걱정하는 성실한 왕이었다. 권태라는 단어조차 모르던 그였다. 결혼이라는 말을 거부하며 하루하루 살았고 내로라하는 아름다운 여인들도 마다한 채 오로지 정무만을 돌봤다.

오늘도 그는 일을 하다가 창밖을 내다보았다. 여느 때처럼 길을 오가는 군중들, 늘 그렇고 그런 거리의 모습, 그녀를 만나기 1초 전의 풍경이었다. 그러다 갑자기 거리에 청량한 빛이 감돌았다. 그는 돌연 문밖으로 뛰어나갔다.

거기에는 눈부신 그녀가 서 있었다. 누더기 옷, 아니 거적때기를 걸친 거지 소녀가. 언제나 똑같던 그 거리가 그녀로 인해 환하게 빛났다.

이를 테면 그녀의 길고 하얀 손은 수수한 그릇이나 찻잔이 닿아도 화사해 보일 듯한 그런 싱그러운 손이었다.

섬광처럼 번쩍하는 사랑. 평생 일만 하다 죽었을지도 모를 그에게 기적처럼 그런 사랑이 찾아왔다. 왕은 거지 소녀 앞에 무릎을 꿇었다. 왕관을 버리고 그녀를 택했다. 사랑은 왕관을 초월했다.

—모티프: 에드먼드 블레어 레이턴의 그림 〈왕과 거지 소녀〉

_그림을 그릴 때 사용한
재료 및 도구

파브리아노 수채화 스케치북
(엽서형: 150 x 104mm)

파브리아노 수채화 스케치북
(13.5 x 21cm)

캔슨 수채화 스케치북
(13.5 x 21cm)

파브리아노 수채화 스케치북
(12.5 x 18cm)

스케치북(아이비스 드로잉북)

지인에게 선물 받은 노트

캔슨 크로키 스케치북
(10.5 x 14.8cm)

아트디자인 크라프트 B6

아트 스퀘어 검정 스케치북
(148 x 210mm)

티티 그림물감

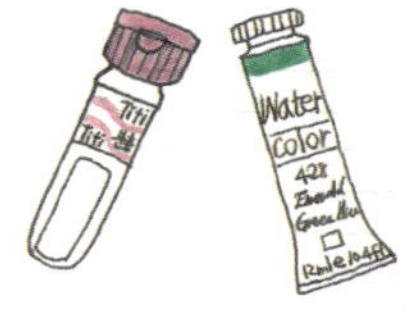

모나미 볼펜, 신한 마커, 쿠레타케 붓펜 22호,
SAI 붓펜, 스테들러 펜, 사쿠라 젤리 롤,
더존 연필, 스테들러 색연필, 문교 오일 파스텔

팔레트
(다 먹고 난 초콜릿 통을 활용)

헝겊(가장자리가 낡아서
못 쓰는 수건을 사용)

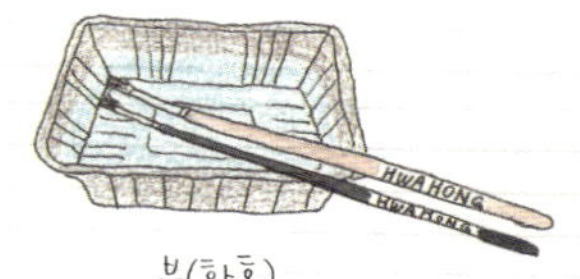

붓(화홍),
물통(다 먹고 난 김통을 활용)

일본 초콜릿: 로이스

에너지가 필요할 때마다 도움을 준
스위스 초콜릿:
린트, 까이에, 레더라, 미노르, 토블론……

언젠가 광화문 네거리 신호등 앞에서 쓰나미처럼 몰려든 사람들이 각자 뿔뿔이 흩어지는 모습을 보고 과연 나는 이렇게 계속 혼자 가는 게 맞는지 스스로에게 질문을 던진 적이 있다. 삶의 이정표도, 샛길도 보이지 않던 그 거리에서.

한참이 지난 지금도 정답을 찾지는 못했다. 아니, 내가 가는 길이 내겐 정답이다. 내 마음이 말하는 소리를 따라 살아갈 뿐이다. 순간을, 하루를 온전히 살아가는 것이 내가 사는 방식이다. 그리고 많은 싱글들이 살아가는 방식이라고 말한다. 인생이란 어차피 혼자 왔다 혼자 쓸쓸히 가는 것이기에.

근사한 여행지에서 눈물 날 정도로 아름다운 풍경을 만나면 함께 나눌 누군가가 없어 잠시 아쉬워하다가도 누구의 방해도 받지 않은 채 혼자 영원히 간직할 수 있으니 행복하다.

남자와 여자가 만나 비로소 온전한 하나가 된다고들 하지만 소중한 순간은 오히려 혼자인 우리 자신의 일상 속에서 발견되는 게 아닐까.

나직한 선율에 뭉클하는 순간, 기뻐서 붙잡아 두고 싶은 순간, 왈칵 눈물이 쏟아질 것 같은 순간, 눈앞이 캄캄해질 만큼 막막한 순간, 하늘이 무너질 듯 삶이 휘청거리는 순간……. 누구나 살아 내야 할 순간들이다. 어려운 시절들을 수없이 통과하면서도 사각사각 끄적거리며 스스로 치유하고 모든 순간에 또다시 살아 낼 용기를 얻으며 감성을 살찌우기도 했다.

일상의 여기저기에 뿌려진, 하지만 눈을 크게 뜨지 않으면 볼 수 없는, 꼭꼭 숨어 있는 순간들, 손을 뻗지 않으면 둥둥 떠다니다 사라질 순간들, 당연한 것 같지만 결코 당연하지 않은 순간들을 틈틈이 빈 공간에, 스케치북에 붙잡아 담는 이 사사로운 작업과 노력이 또 오늘 하루를 살게 한다.

안단테, 안단테. 손재주가 눈썰미를 따라잡지는 못했지만 본 것을 그대로 그리기보다 나만의 느낌을 빈 공간에 천천히 옮겼다. 대단한 자랑거리나 인생의 필살기라고 할 것 없는 그저 소소한 기록이지만 정성 들여 쓰고 다듬었다. 사각사각 손으로 그린 그림들과 이 글의 온기가 당신의 일상에 스며들어 1인 가구 500만 시대를 사는 우리 서로에게 힘이 되고 위안이 되면 좋겠다.

사각사각 드로잉 감성 노트

어쩌다 혼자

초판 1쇄 발행 2017년 2월 28일

지은이 레인보우

발행인 이선애
디자인 김보형
교 정 채규리
발행처 도서출판 레드우드
출판신고 2014년 7월 15일 (제25100-2014-000048호)
주소 서울시 강남구 밤고개로 26길 50 강남한신휴플러스 607동 202호
전화 070-8804-1030 **팩스** 02-379-8895
이메일 redwoods88@naver.com
블로그 blog.naver.com/redwoods88

값은 뒤표지에 있습니다.
ISBN 979-11-877050-3-1 03810

© 레인보우

저작권법에 의해 한국 내에서 보호를 받는 저작물이므로 무단 전재와 무단 복제를 금합니다.
이 책의 전부 또는 일부를 이용하려면 반드시 저작권자와 도서출판 레드우드의 서면 동의를 받아야 합니다.

당신의 상상이 한 권의 책이 됩니다.
지혜를 나눌 분은 원고와 아이디어를 redwoods88@naver.com으로 보내 주세요.